당신 | 디고우리

Me, you and Us

희망과 / 지혜이기를

안녕하세요. 한국다발성경화증협회장 유지현입니다.

힘든 병마의 고통 속에서 꿈을 좇아 희망을 잃지 않고 싸워 온 모든 이에게 위로와 감사를 드립니다. 많은 환우, 가족께서는 경제적 어려움과 여유롭지 못한 여건 속에서 늘 외로움에도 한 줄 희망의 끈을 놓지 않고 '희망과 나눔'이라는 협회의 공동 목표를 향해 함께한 수많은 시간이 있었기에, 벅찬 감회와 함께 늘 감사함을 느낍니다.

오늘의 협회는 환우, 가족, 그리고 후원자 모두의 관심과 사랑이 함께 있었기에 성장할 수 있었습니다. 그 사랑과 격려 잊지 않고 새기며 한층 성장 된 모습으로 보답하겠습니다.

다발성경화증, 시신경척수염은 우리가 원치 않았지만, 신체적, 정신적, 경제적으로 아프고 힘들게 하고 있습니다. 그럼에도 우리 주변의 모든 이들이 '꿈과 희망' 나눔에 동참하며 격려하고 아픔을 나누고 있습니다. 질병으로부터 완치되는 그날까지 서로 위로와 사랑을 나누며 매사에 감사함을 잊지 않는 협회 가족이었으면 합니다.

많은 환우와 가족 여러분들의 투병 생활과 고통의 경험을 통해 희망을 잃지 않고 살아가는 모습들을 담아 작은 정성으로 수기집을 발간하게 되었습니다. 작은 정성과 경험들이 모두 나의 이야기이고 낯설지 않은 이야기였습니다. 낯선 질환으로 두려움과 힘든 고통에서 싸우고 있는 모든 이에게 희망이 되었으면 합니다.

수기집 발간에 귀한 경험과 정성으로 희망을 나누어 주신 참가자 모두에게 감사함을 전하며, 값진 여러분들의 경험이 한자리에 모일 수 있도록 도움을 주신 Epic Works에게 감사함을 전합니다. 이 이야기가 환우와 가족 모두에게 희망이며 지혜이기를 빕니다. 다시 한번 모두께 감사합니다.

한국다발성경화증협회 회장
유지현

울림이 / 되어주길

안녕하세요. 국립암센터 신경과 김호진 입니다.

 오늘 저는 기쁜 마음으로 『다발성경화증, 시신경 척수염 환우 수기 공모전 당선작』을 여러분에게 소개하고자 합니다.

 이 책은 다발성경화증, 시신경척수염 환자분들과 가족분들의 소중한 이야기를 담고 있는 수기집으로써, 각자가 이겨내고 있는 고난과 아픔을 행복과 희망 그리고 용기를 가지고 질환을 극복하는 과정을 담고 있습니다.

여기 담고 있는 하나, 하나의 이야기들과 경험들은 희귀난치성 질환을 이겨내기 위해 노력하고 있는 모든 환자분과 가족분들에게 분명 큰 힘이 되어줄 것입니다. 제게도 많은 귀감이 되었고 울림이 되어주었습니다.

『다발성경화증, 시신경척수염 환우 수기 공모전 당선작』에 참여해 주신 모든 작가분께 다시 한번 깊은 감사의 인사를 전하며, 이 책자가 난치성 질환을 극복하기 위해 노력하는 모든 환자와 가족분들은 물론 의료진과 환자분들을 이어주는 데 큰 도움이 되길 희망합니다.

다시 한번 작가분들에게 응원과 박수를 보냅니다.

감사합니다.

국립암센터 신경과 교수
대한신경면역학회 회장
김호진

행복을 찾아 / 떠나는 모험

올해를 마무리하며 이렇게 『다발성경화증, 시신경척수염 환우 수기 공모전 당선작』이 책으로 출판되어 정말 기쁩니다. 특히 각각의 이야기들이 모여서 한 권의 책이 되었기에 더 뜻깊습니다.

편집을 위해 아주 여러 차례 책을 읽었습니다.

그럼에도 아직 이 책을 다 이해했다고 하기는 어려울 것입니다. 몇 번을 읽어도 감히 다 이해했다고 할 수는 없을 인생에 대한 깊은 애환을 담고 있기 때문입니다. 또 이 책에는 인생에 대한 아주 힘찬 애정이 있고, 소중한 삶을 지키려는 오기가 있습니다.

진정한 행복을 찾아 떠나는 모험이 있고, 이 시대를 살아가는 모두에게 삶에 대해 다시 한번 돌아보게 할 수 있는 울림이 있습니다. 이 책의 바탕에는 형언할 수 없는 사랑이 있습니다.

귀한 삶의 이야기가 의미를 갖고 세상에 나올 수 있도록 글을 써 주신 모든 작가님께 편집과 엮음의 기회를 주심에 감사합니다. 이 책은 다른 희귀질환과 장애를 안고 살아가시는 모든 분께 용기를 드리고, 평범한 삶을 살아가는 이들에게 다시 한번 삶을 돌아보게 만들 영감을 줄 것입니다. 그 영감을 받으신 분들이 주변에 더 큰 사랑을 나눠 주실 것을 믿으며 글을 마칩니다.

끝으로 한국다발성경화증협회의 유지현 회장님, 이현호 국장님 그리고 국립암센터 김호진 교수님께 깊이 감사드립니다.

감사합니다.

에픽웍스

차 례

대
상

송제희

✦

"나에게 행복이란?"

제가 힘들고 어려울 때
제 얘기를 들어주고 함께 의논해주며,
저를 믿어 주고 아끼고 사랑해 주는
든든한 가족이 있어서 정말 행복합니다.

저의 진짜 행복은 가족입니다.

내일은 오늘보다 더 행복할거야

송
제
희

안녕하세요.

저는 1남 1녀 중 막내로 태어났고, 전라북도 전주에 살고 있는 송제희입니다. 제 나이가 벌써 40대에 접어들었고, 다발성경화증을 진단받은 지 어느덧 15년이란 세월이 지나 항상 앳돼 보이던 내 모습은 간곳없고 지금은 성숙한 어른이 되어 있습니다.

어렸을 때부터 간호사라는 꿈을 안고 열심히 사는 삶 속에서 저는 2007년 6월에 감기로 의식을 잃고 쓰러졌습니다.

수많은 검사와 시간이 흐른 후에 알게 된 병명은 중추신경계에 발생하는 만성 신경 면역 질환으로 신경을 둘러싼 수초가 손상되어 신경전달에 문제가 발생하는 태어나서 한 번도 듣도 보도 못한 희귀질환이라고 하는 다발성경화증이라고 했습니다.

젊은 층에서 종종 발생하는 질환이라고는 하지만, 그렇게 치부해 버리기엔 저에겐 너무나도 가혹한 현실을 안겨다 주었고 제 인생을 송두리째 바꿔놓았습니다.

저는 지금 시력을 완전히 잃었으며 자유롭게 움직여주질 않는 저의 몸 또한 만신창이가 되었습니다. 지금은 꾸준한 치료와 보톡스 치료로 팔은 그나마 움직일 수 있게 되었지만, 다리는 휠체어에 의지해야 하는 상황입니다.

희귀병이다 보니 대부분의 약이 비보험이었고, 치료를 중단할 수 없어 계속 병원에 다니다 보니 저희 가족은 아주 큰 빚을 지게 되었어요.
큰 빚으로 인해서 저희 가족은 월세방으로 이사를 하게 되었고 만만하지 않은 간병비 때문에 아빠는 회사를 그만두시고 제 간호에만 전념하시게 되었습니다. 엄마는 식당 일을 하시며 병원비와 가사를 책임지게 되었습니다.

처음 치료 약이 스테로이드인데 매일 같이 먹다 보니 약 부작용으로 체중이 30킬로가 불었고, 계속적으로 치료와 재활 운동을 병행했습니다. 몸이 부자유스러웠고 혼자는 꼼짝도 할 수 없어 모든 것을 아빠에게 의지해야 했고, 식사는 물론 배뇨 배변 문제까지 아빠가 도와주지 않으면 해결할 수 없었습니다. 다행히 아빠의 지극 정성으로 조금씩 차도를 보였습니다.

힘든 1차 치료가 끝나고 재발이 없어 좋긴 했지만, 약값이 만만치 않아 아빠나 엄마한테 너무 미안했기에 더 열심히 치료받으며 재활에 전념했습니다. 그래도 아빠 전혀 힘든 내색 없이, 재발이 없는 저를 보시며 흐뭇해 하셨고, 담당 교수님께서도 치료한 만큼 차도를 보이는 저를 격려해 주시며 힘을 주셨어요.

재발이 없었기에 현재는 손을 사용할 수 있어 밥도 혼자서 먹을 수 있고 옆에서 잡아주면 조금이나마 걸을 수 있는 정도까지 회복되었지만, 몸하고는 다르게 눈은 전혀 회복되지 않아 가끔 우울해서 힘들 때도 있습니다. 그럴 때마다 "손발은 쓸 수 있잖아."라고 위로하며 살고 있습니다.

이렇게나마 좋아질 수 있었던 건 가족의 사랑, 한결같이 곁에서 지극정성으로 간호를 해 주신 아빠 덕분이었기에, 늘 감사한 마음으로 살고 있습니다. 항상 곁에서 함께 해 주신 소중한 아빠는 제 꿈이자 가장 큰 희망입니다.

희귀질환으로 확진 받아(시각 장애 1급, 지체 장애 1급) 제가 이루고 싶던 간호사의 꿈은 이루지 못하여 한낱 허망한 꿈이 되었지만, 그보다 더 값진 아빠와 가족의 사랑을 받았기에 이루지 못한 꿈은 고이 접어놓습니다.

발병 이후 저에겐 너무나 길었던 15년이란 세월이 흘렀습니다. 말로는 다할 수 없는 그 힘든 세월을 거쳐 여기까지 왔고, 지금 이 순간 컴퓨터 앞에 앉아 글을 쓰고 있는 제 자신이 참 신기하기도 하고, 스스로 대견스럽게 느껴집니다.

그리고 2011년에 제 몸으론 불가능할 것만 같았던 대학에 입학하여 평소에 관심이 많았던 사회복지학을 공부하게 되었고, 힘들게 입학한 대학 생활 또한 녹록지 않아, 대학 생활 적응에 실패하여 1년을 휴학하기도 했습니다.

휴학한 이유는, 전혀 보이지 않는 시력으로 인한 어려움 중의 하나로 책을 볼 수가 없다는 것이었고, 가족이나 친구 또는 주변 사람의 도움을 받아 전공 분야의 정보를 얻을 수 있지만, 제가 원하는 때에 필요한 교재나 자료들을 제대로 볼 수가 없어 절망스러워, 생각 끝에 휴학을 결정하게 되었습니다. 1년을 휴학하면서 심기일전하여 학습 도우미의 도움과 주위에 많은 분들의 격려로 복학하여 어렵게 2016년 2월에 졸업하였습니다.

희망을 발견한 삶은 항상 감사함으로 가득하며, 이 높은 감사의 마음과 빚을 갚는 길은 더 열심히 배우고 공부하며, 저와 같은 장애인들과 이 사회에서 소외된 계층들을 위해 사회복지사로서의 역할에 충실한 것입니다.

장애를 갖고 난 후 많은 것이 변하고 깨달은 부분이 많지만, 그중 하나는 작은 것에도 감사할 줄 알게 되었고, 사소한 것에서도 행복을 느낄 수 있다는 것입니다.

과연 행복이란 건 무엇일까요?
남들과 비교해서 내 자신이 더 낫다고 느껴질 때가 행복일까요?

제가 행복하다고 느끼고 생각한 감정들에 물음표를 던지게 됩니다.
제 자신에게만 그치지 않고 좀 더 넓은 세상을 바라보는 도량을 가지게 된다면 행복에 대해서 좀 더 구체적으로 알 수 있게 될 거라 생각합니다.

세상엔 아픔을 가지고 살아가는 사람들이 참 많고, 그 사람들을 일일이 생각하고 걱정하다 보면 쉬사리 행복해지기도 힘들 거 같아, 어떤 길이 옳은 길인지 조금 혼란스럽기도 합니다.

행복이란 감정을 폭넓게 생각하다 보니 행복이란 주제는 참으로 복잡 미묘한 거 같고, 사람들은 행복을 무엇이라 생각하는지 그 사람들의 마음이 가끔은 궁금해지기도 합니다.

우리가 흔히 하는 말 중 '행복해 난 행복해~' 이런 말도 잘 쓰는데 이런 감정도 다 행복인 걸까요?

행복이란 주제로 사람들과 심도 있게 토론을 해본 적은 없지만, 행복은 살아가면서 흔하게 느끼는 감정이기에 한편으로는 갈망하면서도 또 한편으로는 소홀하게 대하는 건 아닌지, 저는 행복을 느끼는 것에 크게 두 가지로 생각해 봅니다.

음식을 섭취할 때의 포만감, 잠을 잘 때의 편안함, 추위에 떨다가 따뜻한 집에 들어오면 느끼는 온화함 같은 육체적으로 느끼는 행복이 있고 시험 점수가 오를 때의 성취감, 어려운 사람을 도왔을 때의 뿌듯함, 계획한 대로 진행될 때 느끼는 만족감 같은 정신적 행복도 있습니다.

"나에게 행복이란?"

제가 힘들고 어려울 때 저의 얘기를 들어주고 함께 의논해주며, 저를 믿어 주고, 아끼고 사랑해 주는 든든한 가족이 있어서 정말 행복합니다.

가족이란 울타리는 기쁨을 주고 사랑도 나누는 소중한 공동체이자 항상 어려운 일을 제 일처럼 생각하고 걱정하고 힘을 모아 저와 뜻을 함께하는 동료이기에 제 곁에 가족이 없었다면 지금의 저는 있을 수 없을 거라 생각합니다. 저의 진짜 행복은 가족입니다.

저는 장애등급을 받고 휠체어 생활을 한 지 11년째입니다. 장애로 인해 절망하고 힘들었을 때는 '나에겐 행복은 없다'라고 생각했는데, 그것이 아니었습니다.

 행복은 항상 제 곁에 있었고, 우리 가족을 사랑으로 감싸고 있었는데도 이 사실을 깨닫지 못했던 것 뿐입니다.

 물질적인 행복만을 바라고 자신을 사랑하지 못하며 타인을 사랑하는 방법까지 잊고 사는 사람들, 감사함이라는 감정을 언제 느꼈었는지도 잊고 사는 사람들처럼 저도 건강할 때는 느끼지 못했었으니까요.

 행복이란 현재 이 순간 제가 행복하다고 느낄 수 있으면 행복한 것입니다. 부와 명예, 외모와 권력이 행복의 전부는 아니라, 자신에게 주어진 환경 속에서 얼마나 만족하며 작은 것에 기쁨을 느끼며 살고 있는 것이 행복의 척도가 되는지 이제는 압니다. 그건 세상이 돌아가는 이야기에 잠시만이라도 귀를 기울인다면 알 수 있습니다.

제가 꿈꾸며 하고 있는 사회복지사의 일이 살기 편한 세상을 만들고, 모든 사람이 차별 없이 살게 하는 일이라고 생각합니다.

모든 사람에게 꿈과 희망을 전해주고 행복 바이러스를 심어줄 수 있는 행복 전도사가 되는 것 그것이 사회복지사로서의 꿈이자 최종 목표인 것입니다.

저와 같은 장애를 가지신 분들도 희망과 용기를 가지셨으면 좋겠습니다. 행복해지는 길을 선택하는 습관을 들이면 당신은 이미 행복한 사람이 되어 있을 것입니다.

이제 저에게는 '꿈'이라는 한 글자와 '희망'과 '사랑'이라는 두 글자가 가슴 깊이 새겨졌습니다.

저에게 있어서 내일은, 당당하고 자신감 넘치는 모습으로 소외된 계층에 계신 분들과 함께 봉사하고 사랑하며 선한 영향력으로 행복한 제 삶의 주인공이 되어, 모든 사람과 함께 살아가고 싶습니다.

제 곁에 가족이 없었다면
지금의 저는
을 수 없을 거라 생각합니다.

저의 진짜 행복은
가족입니다. "

최우수상

구애경

김현주

✦

그저 지금 살아있음에 감사하며,
아직은 내가 할 수 있는 것들이 있음을 또한 감사하며
아주 작은 것들에 기뻐하며 사랑하며 살아가리라!

나는 오늘도 구름 한 점 없는 맑고 푸른 하늘을 바라본다.
머리카락을 흩날리게 하는 시원한 바람을 느끼며 미소 짓고 있는 나는

"아직도 살아있다"

나는 아직도 / 살아있다!

구
애
경

헉헉! 숨이 잘 쉬어지지 않는다.

더워도 너무 덥다. 올여름은 숨을 잘 쉬는 것이 관건이다. 그래야 가을을 만나게 될 테니까... 그렇게 해서 난 살아남았다. 때로 선선한 기운을 느끼게 하는 가을의 초입이다. 아마 그때부터였을 것이다. 이 몹쓸 병이 나를 찾아 온 것은...

스물다섯에 결혼해 연년생으로 딸 둘을 낳았다. 작은딸이 6개월쯤 되었을 때, 어느 날 왼쪽 눈의 어느 한 부분이 보이지 않는 것을 느꼈다. 당시 경희의 료원 안과에서 진료 후 들은 병명은 '부분적 시신경염'.

아무튼 그때 처방되어 복용하게 된 약이 '스테로이드!'. 1984년 여름이었다. 약 성분으로 난 6개월 된 딸에게 젖을 끊어야 했으며, 우유병 젖꼭지를 빨지 않으려는 내 아가와 눈물의 씨름을 해야 했다(딸 미안해...). 스테로이드는 그때부터 지금까지도 한 번씩 나를 부른다.

다음 해 계단을 내려가는데 다리가 휘청하더니 일주일 만에 걷기가 힘들어졌다. 병원에 가서 온갖 검사를 해보았지만, 원인은 알 수 없었다. 아이 둘을 데리고 친정에 가서 매일 침 맞고 뜸 뜨며 아침저녁으로 한약을 달여 먹었다. 3개월 뒤 다시 걸어져서 집으로 왔다.

그리고 일 년 뒤 다시 걷기 힘들어져 병원에 입원했다. 그때 했던 치료 '고용량 스테로이드 링거'를 닷새간 맞은 뒤 먹는 약으로 바꿔 12알부터 시작해 이틀 후 2알씩 줄여나갔다. 그러다 보면 신기하게도 다리에 힘이 나 걸어서 퇴원할 수 있었다.

그러나 그때부터 거듭된 재발로 입퇴원의 역사가 시작되었으니…그것도 아주 다양한 증세로… 어느 해는 오른쪽 눈이 3일 만에 멀어버려 안과에 입원하였으나 다행히 일주일 만에 다시 보여서 퇴원, 또 안면 반쪽의 감각 이상으로, 또 물체가 둘로 보이는 복시현상으로… 그렇게 병명을 모른 채 다양한 증세로 입퇴원을 반복하던 중 드디어 93년에 MRI 찍고 병명을 듣게 되었으니, 원인도 치료 방법도 모르는 '다발성경화증!'.

그렇게 병명을 알게 되기까지 '진단 방랑?'의 십 년, 병명을 알게 된 뒤로도 입퇴원은 반복되었으니 그 역사가 40년이 되어간다. 그러고 보니 참으로 오래 살았다 싶다.

아! 그 오랜 세월 동안 가족들의 사랑과 희생을 어찌 다 말하랴. 어린 두 딸을 데리고 병든 아내를 감당해야만 했던 남편은 얼마나 힘든 세월이었을까? 어느 날 내가 작은방에서 "주여, 나의 병든 몸을 지금 고쳐주소서." 찬송하며 기도하고 있을 때, 남편은 다른 방에서 눈물 흘리고 있었다. 여보! 정말 미안하고 고마워요. 그 숱한 입퇴원의 시간 동안 교대로 엄마 곁을 지켜준 사랑하는 나의 딸들아, 엄마가 정말 많이 미안하고 고마워.

거듭된 재발의 힘든 과정을 지나오며 지금 난 가슴까지 마비된 지체 1급의 장애인이 되었으며, 소변 기능 마비로 소변 줄을 달고 배변 기능 장애로 관장을 해야 한다. 장애인 활동 지원사의 도움으로 최소한의 인간다움을 유지하며 살아간다.

그러고 보면 내 인생의 반 이상은 장애인으로 살고 있다. 한 사람이 살아가던 어느 날 예고 없이 찾아온 희귀병은 그 사람의 삶에 참으로 많은 변화를 일으킨다. 삶에 큰 어려움일 수 있는 시련 속에서 어떻게 삶을 꾸려나가느냐는 어쩔 수 없는 본인의 몫이기에 우선은 일단 상황을 받아들인다.

장애인이 되었으니, 장애인으로 사는 삶을 살아간다. 걷지 못하니 대신 휠체어가 발이 되었다. 전동휠체어를 타고 많은 곳을 다니며 활동한다. 장애인으로 사는 삶이 오래되었으니 그동안 여러 일들을 하며 살았다.

컴퓨터를 배워 장애인 컴퓨터 방문 강사가 되었고, 장애인 인권 문제를 공부하여 장애인 인권 강사도 하였으며, 장애인 중창단 활동 등 지금 돌이켜보니 장애인으로서 나름으로 열심히 살아왔던 듯하다. 이제 내 나이 육십칠. 몇 년 전부터 시작된 코로나19로 자연스레 몇 가지 활동이 정리되었다.

코로나19가 시작되던 해 난 방송통신대학교 국어국문학과에 입학했다. 온라인으로 하는 수업이라 시기적절했다. '인생은 배움의 연속'이라 하지 않던가! 새로운 것을 배우는 것도 흥미로웠지만 내가 제일 좋아하는 것은 방송대 전자도서관에서 마음껏 보고 싶은 책을 무료로 대출해 볼 수 있다는 것이다. 대박!

누가 내게 묻는다.

　　　"그 나이에 뭐 하려고 힘들게 공부하세요?"

나는 겸손하게 "치매 예방 겸이요." 한다. 뭐 틀린 말도 아니니까..하하

은근히 바라기는 글 쓰는 법을 잘 배워서 짧게 단편이라도 써보고 싶지만 웬걸 학년이 올라가면서 점점 더 글쓰기에 자신 없어진다. 그럴 땐 '치매 예방이 어딘가?' 스스로 위안 삼는다.

내 병은 재발이 잦은 '다발성경화증'이다. 십 년 뒤에는 '시신경척수염'으로 병명이 바뀌었다. 비슷한 증상의 희귀난치성 질환으로 재발 되었을 때의 치료법은 비슷하다. 치료 약은 아니지만, 스테로이드를 쓰면 생겼던 증상이 사라지기도 호전되기도 한다.

나의 숱한 입퇴원 경험으로 볼 때 증상이 느껴지면 재빨리 큰 병원 응급실로 가는 것이 최선이다. '이 증상 뭐지?' 머뭇거리다가 적절한 치료 시기를 놓칠 수 있다.

한국다발성경화증협회 사이트에 들어가 보면 나만큼 중증은 별로 없는 듯하다. 내가 발병할 당시에는 MRI가 없었던 시기라 진단과 치료에 어려움이 있었으나, 요즘엔 빠른 발견과 치료로 나처럼 중증으로 진행되지 않아 다행이라 여긴다. 그래도 우리는 모두 병의 재발에서 벗어날 수 없다는 부담을 안고 산다.

가끔 환우회 게시판에 올려진 사연 중에 병으로 인해 육체적, 정신적, 경제적으로 많이 힘들어하는 글을 읽으면 내 마음도 안타깝다. '동병상련'이니까. 조금 할 줄 아는 컴퓨터로 읽으면 위로되고 힘이 되는 글을 찾아, 거기다 예쁜 이미지도 갖다 붙이고 더하여 좋은 노래도 곁들여 '한 게시' 한다.

간절히 바라기는 부디 우리 병에 좋은 치료제가 속히 개발되어 인생이 꽃피기도 전인 젊은 나이에 삶의 희망과 꿈에 좌절을 겪는 일이 없기를 소원한다. 그때까지 각자의 삶에서 나름대로 할 수 있는 일 등을 찾아서 하면서 최대한 긍정적이고 즐거운 마음으로 살아가기를!

어느 날 몸이 안 좋아져 내가 나를 감당하기 힘들 때, 가족도 나를 더 이상 감당하기가 지치고 힘들 때, 그때 나는 어찌 될 것인가 하는 두려움이 들 때가 있다. 영화나 드라마에서 아니 지금 살아가는 내 주위에서 사건화되는 이야기 속의 주인공인 나!

그러나 그 누가 미래를 알 수 있겠는가? 그러니 미리 염려하지는 말자.

그저 지금 살아있음에 감사하며, 아직은 내가 할 수 있는 것들이 있음을 또한 감사하며 아주 작은 것들에 기뻐하며 사랑하며 살아가리라!

구름 한 점 없는 맑고 푸른 하늘을 바라본다. 머리카락을 흩날리게 하는 시원한 바람을 느끼며 미소 짓고 있는 나는 아직도 살아있다.

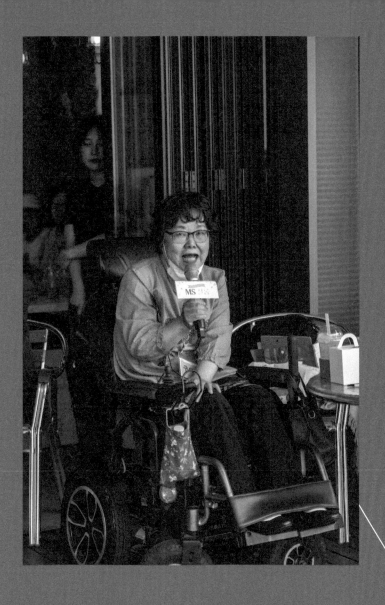

각자의 삶에서 나름대로 할 수 있는 일 등을 찾아서
하면서 최대한 긍정적이고 즐거운 마음으로 살아가기를!

✦

환우들에게 도움이 된다면 나의 경험을 나눌 수 있고
언제나 나눌 준비가 되어 있다.
또한 모든 다발성경화증 환우와 시신경척수염 환우들이 서로에게
힘이 되도록 연대하고 연합하기를 바란다.

우리 환우들에게 더 좋은 날이 오기를 바라며
다발성경화증과 시신경척수염의 완치가 되는 그날까지

"모두 화이팅!!!!"

새로운 삶! 함께 천천히

김
현
주

꽤 오랜 시간이 흘렀다.

22년. 내가 왜 이러한 상황에 처했는지 왜 나인지... 끊임없이 묻고 또 물었다. 세상에 듣지도 보지도 못한 병에 걸렸다고 했다. 다발성경화증이라고 했다. 발병 초기 의료진은 내게 어떻게 해야 나을 수 있는지 명쾌한 답을 주지 못했다. 다만 재활치료를 열심히 받으라고 했다.

나는 반드시 걸어서 나갈 수 있을 거라는 희망을 품고 정말 열심히 재활치료에 모든 것을 쏟아부었다.

2001년 1월 31일은 잊지 못할 날이다. 겨울비가 추적추적 내리는 수요일, 감기 기운이 있어 퇴근하고 저녁도 먹는 둥 마는 둥 대충 때우고 9시쯤 잠자리에 들었다. 내가 비장애인으로 보낸 마지막 날이었다.

사람은 그래서 살아지는지 모르겠지만 잠자리에 든 이후 3일간의 기억이 없다. 전혀 기억이 없다.

그렇다고 내가 정신을 잃은 것도 아니었다는데 발병 후 3일간의 기억이 없다. 지금까지도. 너무나도 건강하게 30여 년을 살았는데 건강 문제로 내가 이렇게 될 줄은 그 누구도 알지 못했다.

발병 시에는 너무나도 위중하여 의료진이 가족을 모아놓고 사망할 수도 있으니 마음의 준비를 하라고 했단다. 가족들에게는 하루아침에 날벼락이었을 것이다.

아침에 응급실에 도착하여 이런저런 검사를 하고 중환자실로 들어갔다.

혹시 생명을 다했다는 소식이 올까 봐 하루하루 가족들의 마음을 졸이며 2주가 지났다. 어느 정도 병세가 잡혀 중환자실에서의 치료를 마치고 일반병실로 옮겼다.

지금 생각하면 너무나도 다행인 것이 다발성경화증이라는 병명을 받고도 그것의 심각함을 몰라 절망하지 않았던 것이다. 어떻게든 열심히 치료받으면 좋아지고 나아지리라는 희망을 가졌었다. 그러나 그 희망은 3~4개월에 한 번씩 오는 재발에 무너졌다.

발병 당시 병변 부위가 척수에서 시작하여 뇌의 호흡을 주관하는 연수라는 기관 바로 아래까지 치밀고 올라간 상태라서 서울 소재 병원으로 올라가지 못하고 대전의 한 대학병원에서 치료받을 수밖에 없었다.

발병하던 해에 두 번의 재발 후 서울대학병원으로 치료병원을 옮겼다. 거기서 모든 경우의 수를 열어놓고 처음부터 다시 검사한 후 '다발성경화증'이라는 질병으로 확진되었다.

2001년 1월에 발병하여 4월, 8월, 12월에 거듭하여 재발했다. 심지어 12월에는 시신경 쪽으로도 발병되어 심리적으로 너무나도 힘들었다.

모든 질병이 그렇지만 누가 대신 아파줄 수도 없으니 오롯이 혼자서 견뎌내야 하는 과정이 너무나도 외롭고 힘들었다. 그런데 이제는 눈까지 보이지 않는다고 생각하니 좌절감이 밀려왔다.

세월이 많이 지나 지금은 그 이름도 잊었지만 그때 나를 담당했던 서울대병원 신경과 병동의 1년 차 레지던트 선생님의 위로와 응원이 없었다면 더 깊은 좌절의 늪에 빠졌을 것이다.

'치료하면 반드시 좋아질 테니까 너무 힘들어하지 말고
긍정적으로 생각해요'

라고 지속적으로 격려해 주었기에 그 힘든 시기를 버텨낼 수 있었다. 실제로 2주 정도의 시간이 지나고 회복이 되었다.

이후로도 지속적으로 재발하여 입퇴원을 반복했다. 그 당시 나는 혼자 힘으로 할 수 있는 것이 거의 없었다. 지속되는 재발로 인하여 타인의 도움이 아니면 살아갈 수 없는 현실에 가족에게 짐이 되느니 차라리 죽고 싶다는 생각을 달고 살았다.

나에게 새 삶이란 없을 것 같았다. 그렇게 힘들게 살아가고 있는데 다발성경화증 환우회가 결성되었다는 소식을 듣게 되었다.

기대가 되었다. 나와 같은 사람들을 만나 그들은 어떻게 살고 있는지 어떤 방법으로 치료하고 있는지 알고 싶었다.

2003년 봄, 대전에서도 지부가 결성되었다. 첫 모임 이후 치료 방법을 공유하며 서로가 서로에게 큰 위로와 도움이 되었다.

그때는 다발성경화증에 대한 다양한 치료 방법이 있었던 것은 아니었다.

하지만 자신의 치료 방법과 다양하게 나타나는 증상에 대한 대처 그리고 대소변 장애에 대한 대처 방법을 공유했다.

지금이야 포털사이트에 관련 용어만 입력하면 자료들이 넘쳐 나지만 내가 발병했던 무렵에는 인터넷이 활성화되기 전이어서 환우회 모임을 하면 많은 분들이 참석했고 서로가 서로에게 큰 힘이 되었다.

나도 그 어렵고 힘든 시기에 환우회가 있었기에 견뎌낼 수 있었다. 발병 후 5년 정도를 재발과 재활을 지속하며 보냈다. 재발이 지속되다 보니 외부 활동이나 경제활동을 할 여건이 안 됐다. 그런데 우연한 기회에 사무자동화 교육과정의 기회가 생겨 외부 활동의 기회가 생겼다.

2005년에는 대전에 장애인콜택시가 없었다. 교육기관까지 가는 것이 제일 고민이 됐었는데 다행히 이동지원 봉사단체의 도움을 받아 발병 이후 첫 외부 활동을 할 수 있었다.

발병 전 나는 사무직과 관련한 일을 하지 않았지만, 교회를 다니면서 교회 내의 행정지원 봉사를 했었다. 그때 접했던 워드나 엑셀 등에 대해 더 배우고 싶어서 교육기관에 등록했다. 무엇을 배운다는 기쁨도 있었지만, 외부 활동을 할 수 있다는 기쁨도 컸다.

6개월의 교육을 잘 마치고 운 좋게도 한국장애인고용공단에서 주최하는 지방 장애인 기능경기대회 워드 부문에 나갔다.

생각지도 않게 지방에서 1위로 입상하여 그해 전국 장애인 기능경기대회에 참가했고 3위에 입상을 했다. 전국대회는 서울에서 열렸는데 마지막 날 아침에 발표된 수상 소식을 듣고 동행한 엄마가 당사자인 나보다도 훨씬 좋아하셨다.

나도 뭔가 할 수 있다는 생각에 그때부터 삶에 대해 희망을 갖기 시작했다. 그렇다고 해서 재발이 멈춘 것은 아니었다.

2005년 겨울에 또다시 재발이 됐고 거듭되는 재발에 다발성경화증 환우회의 전담간호사가 일산의 국립암센터 김호진 선생님에게 진료를 받아볼 것을 제안했다.

하지만 굳이 그 먼 곳까지 가야 하나... 하며 결정을 못 하고 있었는데 다음 해 2월에 또 재발했다. 이젠 고민하고 말고 할 것도 없다. 그 길로 바로 진료받던 서울대병원에서 진료기록을 받아서 암센터로 향했다.

암센터에서도 많은 검사를 진행했다. 정말이지 이런 정밀한 검사는 암센터가 마지막이 되었으면 좋겠다고 생각할 정도로 많은 검사를 했다.

미국에까지 채취한 혈액을 보내야 한다고 했다. 비용도 꽤 들었다. 그렇게 정밀하게 한 검사 결과는 이제까지 알고 있었던 다발성경화증이 아니라 시신경척수염이라고 했다.

진단 기술의 발전으로 다발성경화증이 시신경척수염으로 확진되었다. 그리고 그에 걸맞게 치료제도 새롭게 바뀌었다.

발병 후 몇 년째 써왔던 다발성경화증 치료제인 베타페론이 아닌 다른 종류의 약과 주사제를 썼다. 그리고 혈장 교환술까지 했다. 여러 치료제를 썼는데 그중 노반트론 주사제는 파란색이었다.

이 주사를 맞으면 후유증이 눈동자 흰자위가 파랗게 되고 소변도 파란색이었다. 그리고 어지러운 증상도 있었는데 나중에는 파란색만 봐도 울렁거렸다.

지금 생각하면 웃기지만 그땐 너무 힘들었다. 힘든 투병 과정에도 국립암센터 김호진 선생님을 만나서 재발하지 않고 질병이 관리됐다. 그러면서 앞으로 어떻게 살아야 할지 고민이 되었다.

이전에는 지속적인 재발로 다른 것은 생각할 수도 없던 내가 미래를 고민하다니, 이러한 상황이 참 감사했다.

그 무렵 나는 나와 같이 비장애인으로 살다가 장애를 가진 사람들을 상담해 줄 수 있는 장애인 동료 상담가가 되고 싶었다.

동료 상담가가 될 수 있는 여러 경로를 알아보는데 투병 생활 중인 내가 선택할 수 있는 길이 많지는 않았다. 어쩔 수 없이 온라인 학습을 할 수 있는 사이버 대학을 선택하고 공부를 하던 중 학우들의 권유로 사회복지도 복수로 전공하게 되었다.

공부에 신경을 쓰느라 재발도 했었지만 학습에 대한 열의를 끊지는 못했다. 그렇게 열정을 가지고 공부를 했지만 미래를 어떻게 준비하고 어느 방향으로 나아가야 할지 몰랐다.

그러한 상황 속에서 나는 주변 여건 상 독립을 해야만 했다. 다행히 지하철 역세권의 임대아파트 입주자를 모집하고 있어서 신청을 했고 입주자로 선정이 되었다.

10개월 후 가족들의 걱정을 뒤로하고 독립했다. 나 자신도 조금은 염려가 되었지만 살다가 정말 힘들고 어려우면 다시 돌아가면 된다는 생각으로 독립생활을 이어갔다.

그리고 독립했던 그즈음, 다양한 치료제들에도 불구하고 재발이 와서 맙테라 치료를 시작했다.

당시 의료보험 적용이 되지 않아서 일을 하지 못한 나에게 상당한 부담이었다. 1회 주사 시 160만 원 정도 하는 맙테라를 초기 한 달 1주 간격으로 4회를 맞아야 한다.

600만 원이 넘는 치료비를 어떻게 감당해야 하는지 힘들어하고 있을 때 국립암센터에 시신경척수염 환자의 치료에 사용해 달라고 기증된 기금이 있어서 나에게도 지원이 되었다. 너무 감사한 마음으로 치료에 임했다.

맙테라 치료를 받으며 일산까지 정기적으로 검사하러 다니는 것이 다른 사람들 보기에는 힘들어 보일 수도 있지만 나는 재발하지 않고 질병을 관리할 수 있는 방법이 있다는 것만으로도 감사했다.

국립암센터에 다니며 질병이 관리되고 나니 나의 삶을 생각했다. 앞으로 뭘 하면서 살아야 하는지 고민도 됐다. 나는 나와 같은 장애를 가진 사람들에게 도움을 주고 싶어서 상담 관련 공부를 했다. 그때 마침 내가 이용하는 활동지원사 파견 기관의 사무국장님이 새로운 기관을 설립했는데 함께 일을 해보지 않겠느냐는 제의가 있었다.

나를 필요로 하고, 내가 할 수 있는 일이 있다는 것이 너무나도 반가웠고 감사했다.

처음에는 꾸준히 하던 운동과 재활치료가 있어서 시간제로 근무했다.

여러 가지 장애 유형과 다양한 연령대, 다양한 상황에 부닥친 장애인들을 상담을 통해 만나다 보니 그들을 이해할 수 있는 마음이 조금씩 더 넓어지고 작지만 누군가에게 도움이 되는 삶을 살고 있는 모습에 자신감도 커졌다.

그리고 결코 소홀히 할 수 없는 환우회 지부 모임도 꾸준히 이어갔다. 이렇게 외부 활동을 할 수 있는 원동력은 누군가 시신경척수염 환자의 치료를 위해 기부한 기금으로 맙테라를 치료받으며 재발하지 않기 때문이었다.

나는 바쁜 삶을 살고 있지만 초창기 환우회 결성 때부터 환우회 모임을 소홀히 하지 않는다. 왜냐면 내가 알지 못하는 누군가의 피와 땀과 눈물이 결실을 맺어 지금의 의료비를 비롯한 각종 지원을 받고 있으니 환우협회 활동을 결코 소홀히 할 수 없다.

나의 투병 경험이 다른 분들에게 도움이 된다면 아낄 것이 없다. 나도 누군가의 노력과 희생의 대가에 대한 수혜를 받고 있으니 나눌 수 있는 것이 있다면 적극적으로 나누고 싶었다.

요즘은 인터넷에 시신경척수염이라는 단어만 입력해도 엄청난 자료들을 얻을 수 있다. 그럼에도 내가 환우들에게 전하고 싶은 메시지는 지금 우리가 누리고 있는 많은 혜택(의료비 지원 포함)들은 거저 온 것이 아님을 기억해 줬으면 한다.

우리보다 먼저 이 병을 온몸으로 겪으며 얻어낸 결과물이라는 것을!

2012년, 장애를 가진 후 시작한 나의 첫 사회생활은 2016년에 정규직으로 전환되어 지금까지 8년 동안을 사무국장과 장애인 동료 상담가로 지역사회에서 나의 몫을 다하며 활동하고 있다.

우리 가족은 자신의 몫을 잘 감당해 나가는 나를 보며 무척 자랑스러워한다. 10여 년 전 독립한다고 선언했을 때 하나같이 걱정하던 가족들이 지금은 나에게 가장 힘이 되는 응원자이자 지지자다.

발병한 지 벌써 23년이다. 긴 터널을 빠져나온 듯하다. 사람 노릇하며 살 수 있을지 걱정도 많이 했었고 절망적이었던 때도, 삶의 끈을 놓고 싶은 순간도 많았지만 사랑하는 가족들과 친구, 지인, 그리고 같은 아픔을 가진 환우들과의 동행이 있었기에 여기까지 왔다.

직장을 다니면서 이전에 했던 활동을 활발하게 참여하지는 못하지만 2003년부터 이어온 환우회 참여와 총무, 지부장으로서의 역할을 놓고 싶지 않다.

환우들에게 도움이 된다면 나의 경험을 나눌 수 있고 언제나 나눌 준비가 되어 있다. 또한 모든 다발성경화증 환우와 시신경척수염 환우들이 서로에게 힘이 되도록 연대하고 연합하기를 바란다.

나도 내가 할 수 있는 모든 일에 최선을 다할 것이다.

우리 환우들에게 더 좋은 날이 오기를 바라며 다발성경화증과 시신경척수염의 완치가 되는 그날까지 모두 화이팅!!!

삶의 끈을 놓고 싶은 순간도 많았지만
사랑하는 가족들과 친구, 지인, 그리고 같은 아픔을 가진
환우들과의 동행이 있었기에 여기까지 왔다.
가족들이 지금은 나에게 가장 힘이 되는 응원자이자 지지자다.

우 수 상

김근호
김상태
양기수

✦

아직은 부족하지만,
하루하루를 후회하지 않게 열심히 살아보려 노력하고 있고,
앞으로 평생을 함께해야 하는 다발성경화증에 관해
공부하면서 친해지며, 내 몸의 소중함과 나를 아껴주시는 많은
분께 감사함을 전하며 직장생활과 내 생활에 충실하며 즐겁게
살아가려고 노력하고 있다.

새로운 시작과 함께 찾아온 다발성경화증

김
근
호

언제나 그렇듯 불행은 생각하지 못 하는 사이에 찾아오나 보다.

나에게 갑자기 찾아온 시신경염과 다발성경화증처럼 말이다.

처음에 6년 전 발병한 시신경염도 통증 하나 없이 서서히 눈이 흐려져서 불안함에 찾아간 건양대학교병원에서 검사 후 시신경염이라고 했고, 병원에 가서 검사를 받는데 "조금만 더 늦었으면 큰일 날뻔했구나"라는 생각이 들었다.

오른쪽 눈의 가운데는 안보이고 가장자리만 보이게 되었고, 병원에 입원해서 치료를 받으며 처음에는 왼쪽 눈으로만 살아야 하나 하고 체념과 절망도 했었지만, 고용량 스테로이드 치료를 받으면서 다행히도 눈은 정상으로 돌아왔다.

약을 2년 정도 꾸준히 복용하고, 증상이 호전되어 약도 끊었고, 그렇게 몸이 좋아졌다는 생각에 회사 생활을 하며 술자리도 아무렇지 않게 참석했었다.

어느날 아주 가끔 술을 마신 날 새벽에 화장실 갈 때에 가끔 왼쪽의 다리에 힘이 풀려 주저앉을 뻔했고, 왼쪽 눈썹 주변을 지긋이 누르는 듯한 느낌도 단순히 피곤해서라고 생각했고, 드럼 연습을 할 때에 유독 왼쪽 팔에 힘이 빠지는 느낌이 들어도 어깨가 뭉쳐서 그런 것이라고만 생각했다.

생각해 보면 이 모든 것이 다발성 경화증을 알리는 신호였을 텐데, 나의 무지로 그 신호를 무시하고 그냥 흘려 버렸다.

그렇게 6년이라는 시간이 흐르고, 올해 2023년도에 항상 꿈꾸었고, 가고 싶었던 호주를 가야겠다는 결심을 하게 되었고, 구정에 호주 여행을 다녀오고 난 뒤, 그저 여행을 다녀온 것 만으로도 행복했다고 생각했던 그때, 우리나라의 건축 경기가 좋지 않아 다니던 회사의 상황이 나에게는 좋지 않은 방향으로 흘러가고 있었다.

그래서 항상 생각만 했고, 실행을 하지 못했던 내 소원이 하나 있었다. 바로 외국에 나가 영어 공부와 기술 공부를 해보는 것이었다.

나는 그 나라를 호주로 정하고 하루, 하루 열심히 누구보다 희망차게, 때로는 정리를 하며 호주로 떠날 준비를 하며 바쁘게 보냈다. 그렇게 준비를 다 마치고 출국을 앞둔 며칠 전 갑자기 피곤할 때 느꼈던 왼쪽 눈썹 부분을 누군가 짓누르는 것과 같이 그 주변의 얼굴이 저린 느낌을 받게 되었다.

이번에도 그냥 혈액순환이 안되어서인가 생각하고 한의원에서 침만 맞고 호주로 떠나게 되었는데, 곧 사라질 것으로 생각했던 그 증상은 여전히 계속되었다.

가고 싶은 곳에 가는 것은 즐거웠지만 그 동안의 스트레스를 때문인가 하는 생각도 들었다.

시간이 지나 다행히 얼굴에 대한 증상은 좋아져서 즐겁게 영어 공부도 하고 타국에서의 생활을 즐기고 있었던 중에 어느 날부터 샤워를 할 때에 왼쪽 다리가 예민해져 전과 같지 않음을 알게 되었다.

호주에서 큰 병원도 가볼까 생각했지만, 의료비에 대한 부담감에 겁이 나서 2달간의 호주 생활의 아쉬움을 뒤로한 채 서둘러 귀국했다.

귀국하고 수도권 병원을 가려 했지만, 예약을 해도 1달 이상을 기다려야 했기에, 전에 시신경염을 치료했던 건양대 병원으로 갔고, 입원을 한 후에 검사를 받았다.

MRI 검사를 밤에 머리 한번, 척추 쪽 한번 총 두 번을 2일간 찍었고 낮에는 척수 검사도 받게 되었다.

검사 결과 시신경척수염은 아니었고, 다발성경화증으로 확진을 받았다. 5일 동안 고용량 스테로이드를 아침마다 맞았고, 치료를 받을 당시 처음에는 힘들고, 머리도 무거워서 왜 나에게만 이런 일이 생겼을까에 대한 생각으로 좋지 않은 부정적인 마음만 가득했다.

그렇게 하루 이틀이 지나며 머리가 맑아지니 생각이 달라졌고, 다른 분들보다는 그래도 나 혼자서 일상생활을 할 수 있고, 걸을 수 있음을 다행으로 생각하게 되었다.

또 조금만 늦었으면 내 몸이 더 불편해져서 혼자서는 생활할 수가 없었을 텐데~ 일찍 귀국해서 검사를 받고 치료를 할 수 있음에 감사했다.

그 후 퇴원을 하고 내가 다발성경화증이라는 것은 알지만 질환에 대한 별다른 지식도 없었고, 또 젊었기에 증상도 경미해서 가볍게 생각하고 직업을 알아보고 취직도 했다.

직장의 업무를 시작하고 일이 끝나면 피로가 몰려오는 것이 그저 당연하게 업무 피로로만 생각했는데, 생각보다 너무 쉽게 피로해지는 것이 이상해서 다발성경화증에 대해 검색을 했고, 피로도는 다발성경화증의 대표적인 증상이고 내가 앓고 있는 이 질환이 쉽게 생각할 것이 아니라는 것을 조금씩 깨닫게 되었다.

다발성경화증을 더 많이 알고 싶어 이런저런 검색을 하던 중 한국다발성경화증협회를 알게 되었고 바로 가입했다. 그 가입한 날짜에 맞추어 주말에 협회 1박2일 캠프가 있었고, 사무국장님께서 전화를 주셔서 캠프에 참석해서 환우들을 만나보면 도움이 될 수 있을 거라고도 했고, 마침 캠프 장소가 우리 집에서 한 시간 거리여서 무조건 참석해 보고 싶다고 했다.

캠프에서 같은 방을 사용하시는 분들과 이야기를 많이 나눴고, 내가 관리만 잘하면 더 나빠지지 않을 수 있구나, 혼자서 고민하지 말고 궁금한 것은 협회에 문의해서 알아봐야겠구나 하는 생각을 하게 되었다.

환우분들의 말씀은 하나하나 나에게는 정말 큰 도움이 되었고, 그동안 궁금했던 점이 있어 여쭤보기도 하고 그분들의 치료 경험이나 증상에 대해 자세히 들을 수 있어서 좋았다. 캠프에 참석하고 나서 혼자서 고민해야 할 부분들을 많이 해소했고, 외롭게 혼자 고민하지 않아도 됨에 정말 감사한 마음이었다.

지금도 주변 사람들은 나의 상황에 대해서 걱정은 해주지만 정확하게 무엇인지 몰라 서운함을 표현하는 경우도 많았다.

그도 그럴 것이 우리 질환은 겉으로 증상이나 통증이 보이지 않기 때문에 의심을 하고 위로를 해 주는 사람들도 솔직히 별로 없었다.

요즘은 나도 모르게 가끔 우울해질 때가 있음을 느끼게 되고 다른 사람들은 다 건강한데 나만 아픈 것 같아 외롭기도 하지만, 한편으로는 쓸데없이 생각이 많았던 나인데, 지금은 많은 쓸데없는 생각들을 정리 할 수 있음에 감사함을 느끼고 있다.

아직은 부족하지만, 하루하루를 후회하지 않게 열심히 살아보려 노력하고 있고, 앞으로 평생을 함께해야 하는 다발성경화증에 관해 공부하면서 친해지며, 내 몸의 소중함과 나를 아껴주시는 많은 분께 감사함을 전하며 직장생활과 내 생활에 충실하며 즐겁게 살아가려고 노력하고 있다.

" 아직은 부족하지만, 오늘도 한 걸음 더. "

지금까지의 삶이 쉽지만은 않았지만
돌아보니 나의 장애는 나 혼자만의 장애가 아니라
온 가족의 장애였음을 알게 되었다.

항상 나를 위로해 주고 곁에 있어 주었던 딸이 작년에 결혼을
했고, 외손주가 태어나고 가족에 합류한 외손주 놈 재롱에
집사람 얼굴엔 잃어버린 웃음이 찾아왔다.

그것이 가족이다.

한 줌의 / 작은 공간

김
상
태

창밖은 여름의 끝자락에 내리는 빗방울이 후두두 떨어지며 땅바닥을 적시고 있었다. 가을님이 오시려나~~.

올여름은 가을과 실랑이라도 하고 있는 듯 가지도 않고 지진 부진 왜 이리도 긴지~~.

전기세 인상 소식에 에어컨은 켤 생각도 하지 못하고 툴툴거리는 선풍기 바람에 등을 맡기고, 하얀 눈송이를 머리에 인 듯 반백이 되어 집안일을 하는 아내의 뒷모습에 마음이 애잔해진다.

미안하게도 모든 짐을 아내에게 떠넘긴 채 아무것도 해 줄 수 없는 나의 육체는 슬그머니 자그마한 내 공간 속으로 떠밀리듯 밀려 가두어 버린다.

그나마 아픈 몸이라고 항상 시원하게 신경 써주고 보듬어주는 나의 작은방. 20여 년을 훌쩍 지난 세월의 먼지를 머리에 이고 지고 물끄러미 나를 지켜보고 있다.

긴 세월, 그 시간 먼지 속에서 하나둘 지난날들을 더듬어본다. 젊음이라서 뭐든 할 수 있다고 자신감에 시작한 신혼생활이었다. 아마 인생 중에 가장 행복했던 순간이었으리라.

시작부터 가난은 끝없이 따라왔지만, 열심히 일해서 40대에 조그마한 자영업을 시작했다. 안정적으로 자리를 잡아가며 좋아하던 낚시와 여행도 아내에게 보상이라도 해 주듯 꼭 붙어서 함께 다녔다.

누구나 그렇듯 밤낮을 가리지 않고 열심히 일하던 어느 날... 불현듯이 시작된 배변 장애의 불행. 언제나처럼 일상에서 늘 하던 배변이 그렇게 중요한지 그때 처음 느꼈다.

당황했고 불편함은 바로 응급실로 옮겨졌고 검사가 이루어졌다. 방광 검사, 항문 검사, 근전도검사, 그렇게 종합해서 내려진 진단명은 뇌경색이었다.

오진이라 생각할 겨를도 없이 치료를 시작했고, 지금 생각하면 어이없고 쓸쓸한 웃음이 나오지만, 그 당시엔 당연히 그런 줄 알고 치료를 했다.

문제는 일 년에 한 번씩 찾아오는 재발이었다. 십 년에 아홉 번이나 재발이 되었다. 건강 악화로 인해 신경을 쓰지 못했던 자영업은 엉망이 되었고 어느새 내 일상은 입원과 퇴원을 반복하게 되었다.

만신창이가 되어버린 내 육체는 긴 시간 스테로이드 과다 투여로 고관절이 괴사 되었다. 시간이 지날수록 몸이 나빠지고 머릿속은 정리가 안 되고 마음만 조급했다. 아무리 치료를 해도 호전이 되지 않아 병원을 옮겼다.

10년이 지나서야 알게 된 나의 진짜 진단명은 '다발성경화증'이었고, 병명조차 생소한 그 병이 뭔지 몰라 무척 혼란스러웠다. 혼란스러움도 잠시, 인공관절 치환술을 받았다.

양쪽 다 그래야 된다고 했다. 영문도 모른 채였다. 담당의가 그래야 한다니 아무것도 모르는 나는 그런 줄 알았다. 급한 성격이 문제였나? 수술만 하면 다 완치가 되는 줄 알았다.

수술이 끝나고 마취에서 깨고 보니 오른 팔다리에 힘이 없었고, 오른쪽이 마비가 되어 움직일 수가 없게 되었다.

재활하면 괜찮다는 의사 말씀에 믿고 열심히 재활했지만, 일주일이 지나도 좀처럼 나아지질 않았다. 재검사를 했다.

수술은 잘 되었으나 수술 도중에 뇌경색이 왔다고 한다. 오진이 아닌 진짜 뇌경색이라고 했다.

인생을 각색하고 편집해도 이 정도는 아닐 것이다. 누가 보거나 내 인생을 내가 지켜보아도 해도 너무 한순간의 시간이었다.

두 다리로 걸어 나갔다 오른쪽 편마비로 휠체어를 앓아 돌아오는 내 모습을 본 당황한 빛이 역력한 가족들과 어디에 동공을 맞춰야 할지 제대로 바라보지도 못하고 서로 다른 곳을 보고 있었다.

피로하고 지친 기색이 역력한 아내에 눈가엔 눈물이 번졌다. 그 후부터 우린 말을 잃었다. 웃음도 함께...

대화가 없으니 할 말도 없다. 이미 각자 갈라지고 헝클어진 마음뿐이다.

누가 누구를 위로할 것인가, 숨기고 싶은 혼자만의 눈물뿐인데...

무겁고 쳐진 우울감은 더욱 나를 힘들게 하고 외롭게 했다. 죽음도 시도해 봤지만 용기가 필요했다.

어느 날, 우연히 알게 된 심리치료사가 나를 인도해 준 곳은 같은 질환을 이겨내고 모여 있는 협회 사무실이었다.

동병상련이라 했던가! 많은 대화도 나누고 고충도 얘기하며 서로 웃고 울기도 했다. 서로 안아주고 눈물도 닦아주며 위로와 격려의 말도 주고받았다.

그러는 사이에 무겁고 쳐진 우울의 그늘막은 시간 속에서 서서히 물러나고 있었고, 더 이상 가족에게 짐이 되어서 안 된다는 생각에 재활센터를 찾았다.

그곳에서 재활도 하고 수영도 열심히 했다. 작년엔 용기를 내어 전국 장애인 수영대회도 참가했다. 그곳엔 나보다 더 심한 장애인들도 희망을 잃지 않고 용기 내 수영을 하고 있었다.

그렇다, 누구나 삶은 각자에 영역 속에 산다. 지금까지의 삶이 쉽지만은 않았지만 돌아보니 나의 장애는 나 혼자만의 장애가 아니라 온 가족의 장애였음을 알게 되었다.

항상 아빠가 불쌍하다고 위로해 주고 곁에 있어 주었던 딸이 작년에 결혼을 했고, 외손주가 태어나고 가족에 합류한 외손주 놈 재롱에 집사람 얼굴엔 잃어버린 웃음이 찾아왔다. 그것이 가족이다.

그 가족의 웃음을 보며 나 자신은 이렇게 속삭였다.

그래, 이렇게 살자. 이렇게 사는 거지.

그리고 정말 미안하다. 못난 남편, 아빠를 만나서.

그래도 가족과 함께여서 희망은 늘 있다.

" 가족과 함께여서 희망은 늘 있다. "

✦

혼자가 아닌 세상,
도움을 주신 많은 분들이 계셨기에
저는 극복할 수 있었습니다.

현재 저의 몸 상태는 놀랍게도 통증도 많이 줄고
스틱을 의지해서 느리지만 스스로 걸어 다니고 있습니다.

혼자가 아니기에, 도움을 주시는 많은 분들이 계시기에,
저는 행복합니다.

저는 / 행복합니다

양
기
수

저는 1956년 4월 9일생 대전에 사는 양기수입니다.

1998년 8월경 몸이 이상하다는 걸 알았지만 '설마 별거 아니겠지' 하고 그냥 넘어갔습니다. 처음엔 갑자기 소변이 안 나와서 답답하고 불편해서 응급실에 실려 가서 넬라톤으로 빼내었습니다.

일 년 동안 그렇게 5번인가 소변이 막히기를 반복하고 그때만 해도 별거 아닐 거란 생각에 검사도 받지 않고 바로 퇴원하여 현장 투입해서 일을 계속하고 있었습니다. 그 당시에 제가 하던 일은 인테리어업자로서 활발히 활동하고 있을 때였고 이동식 주택 및 목조주택의 마무리를 앞두고 있을 때였습니다.

2000년 10월쯤, 마무리를 하기 위해 사다리를 타고 올라가던 중 갑자기 다리가 움직여지지 않아 동료들에게 나를 내려 달라고 부탁하니 장난 그만하고 내려오라고 하더라고요.

제가 워낙에 장난꾸러기여서 동료들은 제가 또 장난치고 있는 줄 알았다고 하더라고요. 결국엔 혼자 내려오지 못해 동료들 도움을 받아 내려오게 되었고 움직여지지 않는 다리로 인해 병원응급실에 가게 되었습니다.

입원하고 보름 정도 지나니 병원장님과 신경외과 담당 선생님, 여러 명의 선생님이 오셔서 하시는 말씀이 신경과로 옮겨야 한다고 하더라고요. 그러면서 신경과 교수님이 제 병명을 말씀해 주시는데 태어나서 듣지도 보지도 못했던 희귀 난치성질환인 다발성경화증이라고 말하는데 처음 듣는 병명이라 뭐가 뭔지 모르는 상태에서 담당의께서 계속 말씀을 하시더라고요. 오늘부터 집중 치료에 들어간다고요.

저는 속으로 '며칠 있으면 낫겠지' 하고 대수롭지 않게 생각하고 병원에 있게 되었습니다. 그런데 입원한 지 오래되어 날짜는 자꾸 가는데 제 몸은 계속 나빠지면서 없던 증상들이 생기고 통증이 심해져서 이상하다고 생각한 저는 담당 교수님과의 면담으로 질환에 대한 설명을 들은 후에야 심각하단 걸 알았고 다시 여쭤보았습니다.

"하던 일이 있어서 그러니 언제쯤 퇴원하냐"는 질문에 담당 선생님께서 하시는 말씀이 "안타까운 일이지만 희귀 난치질환인 다발성경화증이라는 병은 나을 수 있는 병이 아니고 완치약이 현재는 없으며 퇴원에 대해 이야기할 수 있는 상태가 아니다"라고 하는데, 희귀 난치병이 도대체 뭔데 이러는가~ 하면서 '희한한 병이 다 있네'라고 혼자 생각을 하며 도대체 실감도 안 나고 뭐가 뭔지 모르겠고 어이가 없어 웃음 밖에 안 나왔습니다.

사실 살아오면서 입원도 처음이었고 큰 병원에 다니게 된 것은 1년 전 소변 문제로 병원에 다닌 일밖에 없었기에 희귀 난치질환이 무슨 병이고 다발성경화증이라는 게 무엇이고 전혀 모르는 상태였던 겁니다.

무슨 중증 암 이런 것은 완치가 안 되는 병인 줄 알고 있었고 그 외의 병은 치료하면 다 낫는 줄 알았습니다. 병원에서 신경과로 옮기면서도 심각성을 전혀 몰랐던 저는 다발성경화증이라는 병에 대한 상식도 없고 들은 바도 없으니 '별거 아닐 거야'라고 아주 간단한 것으로 생각하고 있었습니다.

시간이 갈수록 점점 상황은 나빠져 휠체어의 도움을 받아야 다닐 수 있고 혼자서는 아무것도 할 수 없다는 걸 알게 되었습니다.

이대로 있으면 안 되겠다 싶어 정신을 차리고 혼자 밤이면 밤마다 병실을 나와 돌아다녔습니다. 병실에서는 없어졌다고 찾으러 다니곤 했는데, 저는 어찌 되었든 '걷고야 말 거야'라는 의지로 걷기 위해서 밤마다 병실을 나와서 무조건 다리를 질질 끌면서 발길 닿는 대로 걸어 다녔습니다.

걷지 못하는 내 모습을 보여주고 싶지 않아 나는 친척이고 아는 사람들과는 모든 연락을 차단하고 내가 걷지 못할 바엔 '내 힘으로 일어설 때까지 혼자 살 거야'라는 생각으로 죽기 아니면 까무러치기로 밤마다 휠체어를 붙잡고 땀과 눈물로 얼굴과 온몸을 다 적시면서 운동을 하였으나 역시 저에게는 무리였었는지 너무 힘들었고 몸은 더 아팠습니다.

제 병명이 궁금했던 저는 한밤중에 병원을 몰래 빠져나와 피시방에 가서 희귀 난치질환인 다발성경화증을 검색해 보았습니다. 그리고 알았습니다.

그곳은 바로바로 우리의 희망 '다발성경화증 환우회'라는 아주 생소하지만 같은 질환을 가지고 있는 환우들이 있는 곳이라는 것을 알고 너무나 반가웠습니다.

'내가 혼자가 아니었구나,

나와 같은 질환을 앓고 있는 사람들이 또 있었구나'

라고 하면서요. 그때만 해도 휴대폰으로 검색할 수 있는 그런 시대는 아니었습니다.

지금 들으시면, 아니 왜 휴대폰으로 검색을 안 하고 피시방으로 갔냐고 생각하실 수 있지만, 그때는 1998년이었으니까요.

검색해 보고 더더욱 놀라웠던 것은 환우회에 다발성경화증 전담간호사님이 계시다는 말에 저는 희망을 보았고, '지금보다 훨씬 나은 환경에서 전문간호사님의 케어를 받고 질환 정보나 치료약에 대해 여쭈어보면 내 몸 상태가 좋아지겠지.'라며 처음으로 희망을 갖게 되었습니다.

'그럼 다시 건강해져서 내 일에 전념하며 열심히 살아갈 수 있겠지'라는 생각에 기뻤습니다.

환우회에 전화하고 환우회 전담간호사님이 병원에 오신다고 하는데 믿을 수가 없었습니다. 나는 단지 회원가입 한 거밖에 없는데 나를 위해 나를 만나러 서울에서 대전까지 온다니 세상에 그렇게 고마울 수가 없었습니다.

'그래 사람이 그냥 죽으란 법은 없는 거야, 오시면 몰랐던 것들도 여쭤보고 아마도 여기보다 나은 병원도 소개해 주실 거야'라는 생각만 했습니다.

한껏 기대를 하고 만난 친절한 간호사님은 완치시켜 주는 병원은 없다고 하며 이런저런 병에 대한 아주 생소한 말만 하는 겁니다.

"나을 수 있다는 희망을 가져야 하고 다발성경화증이라는 병을 받아들여서 병과 같이 싸워 이겨야 통증과 아픔을 견딜 수 있다."라고 말해 주었습니다.

그렇게 몇 번의 만남과 통화로 저는 차차 깨닫게 되었습니다. '그래 이런 상황에서 뭘 망설여 믿고 시키는 대로 따라 해 보자'. 그때부터 무엇이라도 매달리고 싶은 저는 다니지 않던 교회에 나가서 새벽기도를 하며 간절히 기도하고 사람들을 만나 대화도 하면서 조금씩 밝아지는 나를 발견하였고 웃음도 찾기 시작하였습니다.

그때 아마 환우회를 모르고 병원 생활만 하고 살았었다면 지금의 저는 없었을 겁니다. 환우회에서 저를 위해 대전에 오신 다발성경화증의 천사님(정애란 간호사님)께 지금도 잊지 않고 있고 늘 감사한 마음으로 살고 있습니다.

몇 년의 시간이 흐르고 병원비로 가지고 있는 돈을 전부 다 써서 결국은 가진 것 없는 거지꼴이 되었을 때도 기초생활보장 수급자라는 제도가 있어서 도움을 받을 수 있으니 신청해 보라고 천사님이 알려주셨습니다.

 병원에서 장애인 진단서를 떼서 오라고 해서 담당 선생님께 신청하고 다시 여쭤보았습니다.

"저 언제쯤 걸을 수 있을까요?"

 그런데 돌아오는 대답은 크나큰 충격이었습니다.

"앞으로 아마도 걷기는 힘들 것이고 평생을 휠체어에 앉아서 생활해야 할 것이다."라고 말씀하시면서 영구 장애 2급으로 진단서를 발급해 주셨습니다.

 그러나 저는 '절대 아닐 거야, 나는 걸을 수 있다! 걸을 수 있다'하면서 혼자 난간을 잡고 서고 걷기를 수차례. 넘어지는 건 일상의 다반사가 되었고 넘어지면서도 한발 한발 다리를 질질 끌면서 조금씩 조금씩 걷기 시작했습니다.

그리고 몇 년이 지나고 지인분 소개로 나의 반쪽을 만나 결혼식 하객은 회장님과 천사님을 비롯해 여러 환우님께서 참석해서 축하해 주셨습니다.

현재 제 몸 상태는 놀랍게도 통증이 많이 줄었고, 이제는 스틱에 의존하여 느리지만, 스스로 걸어다니고 있습니다.

더욱더 좋은 소식은 다발성경화증 재발 없이 지내고 있어서 감사하며 살고 있습니다. 현재 약은 심장약만 먹고 있고 다발성경화증 약은 먹지 않고 있습니다.

담당 선생님께선 완치가 없으니 크게 증상이 없고 몸 상태가 좋으면 약을 먹을 필요 없고 스트레스받지 말고 즐겁게 재활하며 생활하라고 하신 말씀을 지금까지도 잘 따르고 있습니다.

다시 한번 도움을 주신 많은 분들께 감사하다고 인사드리고 싶고 특히 신경과 남선우 선생님, 다발성경화증 협회의 유지현 회장님, 천사님, 환우들 그리고 나만을 위해 항상 기도해 주고 사랑해 주는 오정희 마나님께 감사드립니다.

모두 건강하세요^^

나만을 위해 항상 기도해 주고
사랑해 주는 오정희 마나님,
함께할 수 있어서
오늘도 감사하며 살고 있습니다.

작가상

김명재
김숙자
박 진
서영임
서지은
이경희
이동환
허명순
황소원

✦

환우 여러분들 현재 상황이 힘들겠지만,
잘 견디고 지금의 삶을 잘 지탱해 주시기를 희망하고,
우리 함께 잘 극복해 가요.

이런 과정에서 제가 얻은 것은 아픈 이들과 고통 속에 살아가는
사람들을 위해 매일 기도하며 사는 기특함이 생겼습니다.

여러분 힘내세요.

참 좋은 당신과 함께 / 감사하는 삶

김
명
재

1956년생 68세, 현재 23년째 뜻밖의 희귀질환으로 투병 생활을 하고 있다.

2002년 8월 초 당시에는 전문의가 아니면 의사들도 모르는 희귀 질환인 다발성경화증을 진단받았고 질환에 대해 아는 것이 전혀 없어서 의사만 바라보고 있었다.

의사는 원인도 모르고 치료약도 없다고 하는데, 나는 웃으면서 그러면 "언제 죽는데요?" 하니 심각했던 의사가 오히려 당황한 표정으로 나를 바라보았다.

현재 치료약은 없고 스테로이드 처방을 할 수 있고 어떤 증상들이 올 거라는 확실한 말도 없이 단지, 스트레스, 열, 감기, 피곤 등 조심할 것만 설명하였다.

어른들이 편찮으실 때 "이제 죽어야지" 하면 "죽고 사는 것은 하느님의 뜻이니 건강하게 오래 사셔야지요" 하고 말씀드리곤 했었는데 십분 그 마음을 이해할 것 같았다. 정말 아무것도 대체할 치료나 방도가 전혀 없는 것이다.

내 성격이 긍정적이고 언제나 밝고 낙천적이나, 이와는 다르게 병에 대해서는 완전히 무지했고, 아무것도 모르고 있었다.

다발성경화증 확진 받고 바로 시작된 통증과 고통 그리고 그나마 의지했던 스테로이드 부작용으로 인해 남편의 도움 없이는 침대에 올라가지도 못할 정도로 살이 엄청나게 찌고, 양쪽 대퇴부 괴사는 인공고관절 수술로 이어졌다.

비교적 건강했고 좋았던 시력이 급격히 나빠져 재발이 온 것 같아 다시 입원과 퇴원 또 입원과 퇴원을 반복하다 보니 나는 점점 피폐해졌고 그래도 일말의 희망으로 언젠가는 정상으로 돌아오겠지 하며 겨우겨우 버티고 있었다.

그러나 곧바로 고관절 괴사로 목발 신세를 지게 되고 집안에 들어앉고 부터는 아무런 희망도 없어 절망하기 시작했고 아무것도 할 수 없는 나는 무기력했다.

처음 진단받은 다발성경화증은 이틀에 한 번씩 맞는 주사가 재발을 지연시켜 준다고 해서 남편의 지극정성으로 5~6년을 맞았다.

하지만, 다발성경화증으로만 알고 있었던 질환은 뒤늦게 새롭게 발견한 시신경척수염 진단으로 이틀에 한 번씩 맞았던 주사가 오히려 치명적이라고 들었고 결국에는 재발을 부채질한 꼴이었다. 그 결과, 우측 시력을 완전히 실명하고 좌측 시력도 형체만 알아볼 수 있게 되었다.

시신경척수염에 해당하는 주사는 다른 병에 사용하던 것으로 임상을 거쳐 사용하고 있었지만, 보험이 안 되어 매우 비쌌고, 증상이 나날이 악화되니 울며 겨자 먹기로 고가의 주사약을 맞을 수밖에 없는 상황이었다.

그 당시에 환우협회에서 국회로 몰려가 보험이 되지 않는 고가 약에 대해 청원했었는데,, 우리들의 절실한 노력과 호소가 성과를 거두어 오랜 시간이 지난 후에야 보험이 적용될 수 있었기에 그나마 마음이 놓였고 협회가 있어서 큰 힘이 되었고 우리 편을 들어주었다는 것에 감사했다.

병원에서 처방해 준 주사는 부작용이 심했지만 재발이 유지되고 있어서 감수하고 맞았다.

통증의 고통은 여전했고, 고통이 너무 힘들어서 성격의 변화와 부정적인 생각이 들어 하루에도 통증이 심한 날에는 삶의 장소가 현실이 아니길 바라고 있었다.

하지만 시각장애, 지체 장애로 움직임의 방해가 되어 실천은 하지 못했다. 이런 상태에서도 나를 바라보고 애타게 응원하는 가족, 형제들은 나에게 용기를 주려고 노력하였고 죽고 사는 것은 하느님의 몫이고 나에게 주어진 시간까지 혼신의 힘을 다해 살아야겠다는 굳센 믿음으로 힘을 주셨던 하느님께 "이런 몸으로라도 살아있음에 감사합니다" 라고 기도하며 하루하루를 버티며 살았다.

그러던 중 남편이 운전하는 차를 타고 외출했다가 접촉 사고가 있었는데 그 사고로 목 척수 디스크가 재발하여 휠체어 타는 신세가 되었고 힘이 빠져 넘어지면서 우측 인공고관절 탈골은 관절염증까지 일으켰으며, 처음에 환부를 발견 못하고 심한 염증에 항생제만 독하게 치료하던 중에 폐렴, 패혈증으로 또 다시 의식을 잃었고, 남편이 염증이 터져 오르는 것을 발견하여 가까스로 수술을 하였다.

이후에도 나는 외과 중환자실과 병실에서 40여 일을 죽음의 문턱까지 갔다 왔다.

아주 긴 꿈에서 내가 더 멀리 아무도 없는 어두운 곳으로 가려고 해도, 먼저 돌아가신 아버님이 나를 다시 너른 들판으로 다시 환한 곳으로 데려다주셨다.

정말 오랜 꿈을 꾸었다. 내가 의식을 잃고 바로 의식이 돌아오지 않았지만 성탄절에 신부님이 병실에 오신 것은 어렴풋이 기억하는데 대보름날이 훨씬 지난 후 다음 해 1월 말쯤 의식이 돌아온 거 같다. 그렇게 해를 넘기고서야 나는 의식을 되찾을 수 있었다.

그로부터 40여 일이 지나 의식이 돌아와 퇴원은 했지만 겨우 팔만 움직였고, 다시 염증으로 입원, 이후부터는 현재 나빠진 시력과 지체 장애로 휠체어에 앉아서 생활하게 되었다.

그로부터 세월이 흐르고...하루에도 수십번의 마음의 갈등은 밝던 나의 성격을 바꾸어 놓고 심한 통증은 사람을 피폐하게 만들었고, 삶과 죽음의 사이를 넘나들며 재발의 연속과 계속되는 수술과 입원이 지속적으로 이뤄지고 있었다.

최근엔 10개월이 넘게 계속 통원, 나에 대해서만은 반의사가 된 남편의 간호로 50번의 통증 주사로 염증은 멈추게 되었다.

그 힘든 시기에 이제는 하늘나라로 가는가 보다 했는데, 다른 환우들도 모두 겪고 있는 증상인데 내가 너무 엄살을 부리고 있는 건가 하는 생각에 미안스럽기도 하였다.

나의 고통과 통증, 그리고 투병은 내가 겪어야 할 운명이었다. 20여 년이 넘는 시간 동안 남편이 항상 내 곁에서 간병해 주다 보니, 그는 반의사가 되어 힘이 되어주었다. 이를 너무나 감사하게 생각하며, 내가 살아있는 것도 모두 남편 덕분이라고 생각한다.

사랑이 많으신 하느님도 계시지만, 남편의 공을 빼놓을 수가 없다.

나이 차이가 많아서 본인도 우스갯소리로 상노인이라고 하고 건강도 좋지 않은데 그 긴 세월을 오로지 나를 위해 힘이 되어주고 함께 해 준 남편이다.

지금도 고통 속에 생사를 넘나들 때는 희망을 버리고 나쁜 생각을 가질 때도 있지만 환우님들께 어설픈 한 말씀 드리고 싶다.

"우리를 사랑하고 함께하고 있는 주위 분들을 떠 올리며 현재 상황이 힘겹고 고통스럽지만 언젠가 완치약이 나올 그날을 위해 참고 잘살아 보자"고 말하고 싶다.

음성 꽃동네를 가면 입구에 이런 말이 돌에 새겨져 있다.

"얻어먹을 수 있는 힘만 있어도 은총이다."

처음에는 이해를 하지 못했다. 질병과 무능력으로 왜 구차하게 주위에 고통을 주면서까지 살아야 할까?

그러나 이러한 상태에 있어도 나를 사랑하고 지탱해 나가기를 원하는 든든한 지원군, 가족과 형제, 이웃, 환우들의 모임이 있음을 잘 알고 있다.

바쁠 텐데도 기꺼이 나의 건강을 수시로 확인하기 위해 연락을 주시는 분들, 아픈 것은 내 몫인데 늘 관심과 사랑으로 함께 해 주시는 분들께 건강한 모습을 꼭 보여드리고 싶다.

"희귀질환이라는 아주 나쁜 친구가 찾아와 벗을 하자는 하는데, 그렇다면 한동안 함께 해 주자. 그러다 보면 언젠가는 떠나가겠지."라고 스스로 위로해 본다.

환우 여러분들 현재 상황이 힘들겠지만, 잘 견디고 지금의 삶을 잘 지탱해 주시기를 희망하고, 우리 함께 잘 극복해 가요.

이런 과정에서 제가 얻은 것은 아픈 이들과 고통 속에 살아가는 사람들을 위해 매일 기도하며 사는 기특함이 생겼습니다.

여러분 힘내세요.

그리고 사랑하는 남편에게 깊이 감사드립니다.

희귀질환이라는
아주 나쁜 친구가 찾아와
벗을 하자는 하는데,
렇다면 한동안 함께 해 주자.
다 보면 언젠가는 떠나가겠지.

✦

다발성경화증을 가진 우리의 일상이 늘
상상 밖의 피로감과 함께이기에,
할 수 있음에도 '좀만 쉬었다가' 로 미뤄지고 마는 소소한 것들.

그래서 하루를 정리하면서 '오늘도 요만큼 살아냈구나'로
아쉬움을 덤으로 쌓게 되고,
그런 아쉬움이 싫어서 시작한 색연필 그림 그리기.

처음엔 깎아서 버린 게 더 많았지만,
한 권씩 늘어가는 그림들이 힘을 주었고,
벌써 3년 반의 시간이 예쁜 흔적들을 남겼네요.

나는야 / 행복한 다발성경화증 20년차

김
숙
자

9월의 가을비가 투둑투둑 내리고 있는 깊은 밤입니다.

오늘은 60일 만에 고용량의 스테로이드를 정맥주사하고 온 지 4일째 되는 날입니다. 다음에도 예약일에 갈 수 있길 바라며 변함없는 양의 알약을 처방받아 왔습니다.

날씨가 변덕스러운 탓에 이번엔 4일째인 오늘도 밀려오는 열감과 전신 통증으로 잠 못 드는 밤을 헤매었지만, 그럼에도 거실에 앉아 이렇게 글쓰기를 시도하고 있어요. 그것만으로도 기분 전환이 되어서 좋네요. 다발성경화증 (MS) 병력이 20년이 되었지만, 여전히 주사에 대한 적응이 제대로 이루어지지 않지만요.

대부분의 환우들이 겪어 본 재발의 유형들이 그렇듯 짧게는 1주일, 길게는 몇 달, 몇 년, 그렇게 으레 스쳐 간 재발들이 흔적을 남기고 지나가죠. 저는 지금 지팡이를 짚어야 하고, 가끔씩 넘어지곤 해서 버스나 지하철은 동반이 있어야 이용이 가능하고요. 그래서 많이 힘들고 우울해지기도 해요.

저는 큰 애가 9살에 발병해서 아이들의 유소년기를 함께하지 못한 게 너무 마음이 아팠어요. 특히 엄마의 아픈 몸이나 우울한 감정이 공유되는 게 싫어서 나름의 방법으로 많은 시도와 노력을 했어요.

함께하는 순간이라도 웃기 시합이라든가 웃는 시간을 정해놓고 웃어 젖혀도 보고, 상금이나 벌칙이 걸린 칭찬대회도 하고, 뜬금없이 서로 안아주고, 그날그날의 사건이나 감정 수다 떨기 같은 시간도 가져보고요. 이런 시간이 서로에게 좋은 양분이 되었던 것 같아요.

큰 애가 중2 때 재발이 뇌 병변으로 크게 와서 2년 넘게(자가호흡만 가능한 상태가 1년 정도로 길었음) 병원 생활을 했는데, 아이들과 4번의 방학을 병원에서 함께하며 아이들의 고교 졸업식은 보고 싶다는 간절한 목표가 생겼어요. 그래서 제가 할 수 있는 모든 재활 치료에 집중하고, 특히 시력과 손가락 감각이 회복되면서 거의 10여 년 꾸준히 계속한 협회 초창기에 배운 십자수는 느리고 힘들었지만, 뇌 회복에 많은 도움이 되었어요.

휠체어를 탔지만, 아이들의 졸업식에도 갔어요.

둘째가 사범대학에 들어가면서 농담처럼 "누나가 아가들 인성 예쁘게 키워주면 그 아기들 청소년기를 멋지게 함께해 볼게." 건네었던 말이 현실이 되었어요.

누나(첫째)는 아이들을 사랑하고 예쁘게 가르치는 보육교사가, 동생(둘째)은 고교생들의 듬직하고 친근한 역사 교사가 되었어요. 어린 나이에 예고 없이 수시로 겪었을 엄마의 빈자리가 아주 힘들고 무서웠을 텐데... 잘 자라서 각자의 몫을 잘하고 있는 아이들이 얼마나 대견하고 고마운지요.

다발성경화증을 가진 우리의 일상이 늘 상상 밖의 피로감과 함께이기에, 할 수 있음에도 '좀만 쉬었다가'로 미뤄지고 마는 소소한 것들. 그래서 하루를 정리하면서 '오늘도 요만큼 살아냈구나'로 아쉬움을 덤으로 쌓게 되고, 이런 아쉬움이 싫어서 앉아 있는 시간을 늘리고, 손가락 힘을 기르기 위해 시작한 색연필 그림 그리기.

처음엔 깎아서 버린 게 더 많았지만, 한 권씩 늘어가는 그림들이 힘을 주었고, 벌써 3년 반의 시간이 예쁜 흔적들을 남겼네요.

그리고 혼자 걷기엔 한계가 많았던 4년 전에(코로나19가 시작되는 시기) 시작한 홈트용(집에서 하는 운동용) 자전거도 도움이 많이 됐어요.

처음엔 자전거에 오르는 것부터가 난제에다 5분을 못 넘겼는데 지금은 40분을 탈 수 있고, 500걸음 걷기도 힘든 날들이 6,000걸음도 거뜬하게 바뀌었고요.

체력에 한계가 있어서 그림 그리는 시간이 많이 줄어들기는 했지만, 할 수 있는 만큼 꾸준히 해보려고요. 재발이 있더라도 잘 이겨내려면 체력이 있어야 할 테니까요.

이제 저는 퇴근하는 남편과의 데이트를 위해 외출 준비를 하고 있어요. 다발성경화증으로 날아가 버린 우리의 30대, 40대를 늦게나마 채워보려 합니다.

다발성경화증 환자이지만 행복은 어디에든 있어요.

다발성경화증으로 날아가 버린 우리의 30대, 40대를
늦게나마 채워보려 합니다.

다발성경화증 환자이지만 행복은 어디에든 있어요.

✦

저는 현재 엄청나게 건강하게 살고 있습니다.
해외여행도 거뜬히 다녀오고 장거리 운전도 피곤하지 않고
여기저기 강의도 다니고 있습니다.

작년부터는 환우들과 함께 공예 클래스를 운영하며 활동적으로
동에 번쩍 서에 번쩍하며 살고 있습니다.

제 지인들은 제가 완쾌될 줄 알고 있고,
이렇게 건강하게 사는 제가 부럽다고 합니다.

여러분들도 충분히 건강하게 삶을 누릴 수 있어요.

난 환자가 아니다 / 한 걸음 다시 앞으로

박
진

안녕하세요.

저는 2015년 1월에 다발성경화증 진단을 받은 환우 박진입니다. 건강이 나빠지기 전에는 저도 평범하게 회사에 다니고 있었고요. 사람 좋은 신랑을 만나서 2006년 결혼 후 어릴 때부터 좋아하던 인형 놀이가 현재의 직업이 되어 지금은 공방 강사로 지내고 있습니다.

나쁜 일은 한 번에 찾아온다는 말처럼 다발성경화증 진단을 받기 전에도 저의 삶에 좋은 일만이 있었던 것은 아닙니다.

저를 친딸보다 더 사랑해 주셨던 이모부께서 돌아가시고, 그다음 해 제 인생의 전부였던 엄마가 암을 돌아가시면서 힘들 나날을 지내고 있었습니다. 그리고 그다음 해에는 삼십 년 지기 친구가 또 암으로 세상을 떠나면서 저의 삶은 '피폐함' 그 자체였습니다.

삶의 희망을 모른 채 살고 있던 저와 남편은 아기를 갖게 되면 조금이나마 나아질까 해서 시험관 시술을 하게 되었는데, 시술 후에 밤샘 작업을 하게 되는 날이 많아져서인지 실패로 돌아가게 되었고 2차를 준비하던 중 2014년 12월 말일에 공방에서 작업을 하다가 갑자기 처음으로 매우 어지럽다는 것을 느꼈습니다.

그때 마침 친구에게서 전화가 와서 "나 어지러워 그랬더니" "네 덩치에 무슨 빈혈? 고기 좋아하던 네가 요즘 고기 안 먹어서 그러니 저녁에 고기 사 줄게" 그러면서 저를 달래어 주었고, 그날 저녁에 고기를 먹고 이제는 어지럽지 않을 거라는 제 믿음과는 반대로 증상은 나아지지 않았습니다.

그다음 날도 어지럼증은 사라지지 않아서 무슨 빈혈이 이리 요란하게 오지 하면서 남편한테 부탁해서 사 온 철분제를 먹으며 그저 빈혈이 오래간다고만 생각했습니다.

그때가 연말이라 응급실 가기도 그렇고, 빈혈 같은데…. 라는 생각에 연휴가 끝난 1월 2일까지 치료를 미루다 동네 의원에 갔는데 진료실에서 쫓겨났습니다.

저는 몰랐는데 진료실 들어갈 때 게걸음으로 들어가고 있었나 봐요.

제 모습을 보더니 큰 대학병원 외래교수한테 바로 가라고 하셔서, 얼떨결에 남편과 고대병원 진료실에서 대기하고 진료를 받은 뒤 응급으로 바로 입원했습니다

그리고 얼마 뒤 과장님께서 오셔서 다발성경화증이라는 희귀병으로 생각이 되고 현재 정확한 표적 치료제는 없으나 최선을 다하겠다고 말씀해 주셨습니다.

의학 드라마에서나 들어보았던 그 병을 제가 걸리게 되니 처음엔 현실감이 없어서 여기저기 연락해서 "저 희귀병 걸렸어요"라고 전화하는 걸 남편이 듣더니 꼭 남의 일처럼 얘기한다며 신기해하더군요. 저도 잘 실감이 안 났었습니다.

입원해서 검사하고 병명이 나온 날부터 급성기 치료인 스테로이드 주사 치료하고. 증상이 호전되지 않았지만 일단 퇴원하게 되었고 퇴원 후에도 어지럼증이 심해서 남편은 회사도 그만두고 제 곁에서 간호를 해주었습니다.

혼자서는 일어서는 것도 화장실 가는 것도 힘든 나날은 저를 무기력하게 만들기에는 그리 긴 시간이 아니었습니다.

남편 없이 아무것도 하지 못하였으나 3개월 뒤부터 지팡이에 의지하면서 걷게 되었고, 어지럼증도 많이 호전되었지만 계단을 오르내리는 것은 힘들었습니다.

임신 계획이 있었던 저는 스테로이드 치료 후 병원 약과 주사는 포기하기로 하였습니다.

의사 선생님께서 말씀하시길 머리와 척수에 많은 염증이 있는 것으로 보아 1년 안에 재발 우려가 높을 것 같다고 하시더라고요.

그러나 무사히 1년이 지나고 점차 일상생활에 적응하고 있던 2년 뒤 여름 공방에서 일하고 있던 중에 갑자기 어지럼증이 와서 응급실로 가게 되었고, 검사하니 원하지 않았던 재발 소식이었습니다.

다행히도 스테로이드 치료 후 증상이 없어져서 퇴원하게 되었습니다. 퇴원하고 증상이 말끔히 사라졌기에 임신 계획이 있다고 말씀드리니 의사 선생님께서는 깊이 생각하시더니 일단 퇴원하고 약이나 주사 없이 지내는 것으로 결정하고, 빠른 호전으로 일상생활이 바로 가능해져서 저는 공방 일에 집중할 수 있었습니다.

그렇게 하루, 이틀 지나면서 내가 언제 아팠나 싶을 정도로 일상생활을 잘 할 수 있게 되었습니다.

그러나 무슨 주기가 오듯이 다시 2년 뒤 이번엔 낮잠을 자고 일어났더니 왼쪽 눈이 복시와 사시가 되어있었고, 눈이 안 보이니 여러 가지 생각이 들면서 어지러움만 있던 증상과는 또 다른 공포감이 밀려왔습니다. 스테로이드 치료 4일째 되던 날까지 증상은 나아지지 않았습니다.

이대로 증상이 나아지지 않으면 어쩌지? 어떻게 생활을 해야지? 내가 뭘 그렇게 잘못했지? 등등 제 병을 심각하게 생각하게 되더라고요.

그러나 천만다행으로 그다음 날 기적적으로 눈이 돌아오고 복시도 사라졌습니다.

사람의 마음은 참 간사하게도 그 전날 복잡했던 나의 마음이 온데간데 없이 사라지고 "언제 퇴원하지"부터 생각하게 되더군요.

그렇게 저는 2015년 발병 일부터 2번의 재발을 했으나 급성기 치료인 스테로이드 치료만 하고 퇴원을 했고, 더 이상 임신을 할 수 없어 치료는 하지 않았습니다.

현재는 운이 좋은 건지 제가 관리를 잘 해 온 건지 약도 주사도 맞지 않고 지금까지 건강하게 살고 있고, 운동도 하고 좋은 비타민도 잘 챙겨먹으면서 병에 걸리기 전에는 소홀했던 몸 관리를 하기 시작했습니다.

정말이지, 남편의 헌신적인 희생이 없었다면 아마도 저는 이미 스트레스로 인해 여러 차례 재발을 겪었을지도 모릅니다.

앞서 말씀드린 대로, 아이가 없는 상태에서 임신을 준비 중이었는데, 그때 의사 선생님께서 임신하면 2번의 재발이 있을 것이며, 첫 번째는 임신 중 재발이 약하게 올 것이고 두 번째는 출산 후 재발이 또 다시 올 것이라고 하셨습니다. 이때 재발이 어떻게 올지 아무도 모른다는 말씀을 듣고, 남편은 아이를 포기하기로 결심하고 시부모님께서도 제게 애가 없이 살기로 결정하셨습니다. 그래서 앞으로 아이에 대한 이야기를 하지 말라는 약속을 받았다고 합니다.

남편이 외동이라 시부모님들도 결정을 받아들이시는 것이 쉽지 않으셨을 테지만 며느리의 건강을 더 염려하고 배려해 주셔서 현재까지 손주 얘기는 않으십니다.

이 이야기는 몇 년이 지난 뒤에 알게 되었고 저는 아기를 포기 하지 않고 있었기에. 그동안 남편은 저에게 맞춰주고 있었던 겁니다.

이렇듯 남편의 헌신적인 노력도 있었지만 저의 낙천적인 성격도 저의 병을 이기는데 한몫했다고 생각합니다.

담당 교수님이 저를 보면서 하시는 말씀이 진이 환자는 항상 문을 열면서 밝은 목소리로 '안녕하세요' 웃으면서 문을 열고 들어와서 본인 기분도 좋아지신다고 합니다.

병원은 아픈 사람들만 오는 곳이라 대부분 환자는 진료실에 들어오자마자 오만상을 쓰면서 아프다고 하는데 저는 한 번도 그렇게 하지 않는다면서 환자 같지 않다며 칭찬해 주셨어요.

환자의 마음가짐도 병에는 큰 작용을 한다며 무조건 "뭘 해도 병과 연관 짓지 말고 나는 환자다~라는 마음으로 살기보단 난 환자가 아니고 건강하다" 라고 생각하면서 사는 것도 중요하다고 하시더라고요.

그래서일까요?

저는 현재 엄청나게 건강하게 살고 있습니다.
해외여행도 거뜬히 다녀오고 장거리 운전도 피곤하지 않고 여기저기 강의도 다니고 있습니다.

작년부터는 환우들과 함께 공예 클래스를 운영하며 활동적으로 동에 번쩍 서에 번쩍하며 살고 있습니다.

제 지인들은 제가 완쾌될 줄 알고 있고, 이렇게 건강하게 사는 제가 부럽다고 합니다. 여러분들도 충분히 건강하게 삶을 누릴 수 있어요.

자 따라 해 보세요.
이제부터 주문을 외울 거예요.

난 환자가 아니다!
난 환자가 아니다!!
난 환자가 아니다!!!

나에게 최면을 걸어보세요. 비록 몸은 재발로 인해 여기저기 건강하지 못하지만 마음만은 여느 건강한 사람보다 더 건강하게 살자고요.

그러려면 우선 현관 밖을 나가는 것을 두려워하면 안 되겠지요?

오늘부터 당장 밖으로 나가서 많은 사람과 소통하고 활동하면서 생활해 보시면 집에서 혼자 지내실 때보다 더 건강해질 겁니다.

그러면서 주문을 외워보세요.

난 환자가 아니다!!!

나에게 최면을 걸어보세요.

비록 몸은 재발로 인해 여기저기 건강하지 못하지만

마음만은 여느 건강한 사람보다 더 건강하게 살자고요.

✦

병과 함께 한 20년,

병을 얻은 후 저는 긍정적으로 생각하는
우주 최강 낙천적인 사람이 됐고 그렇게 살려고 노력합니다.

진단 후 맞이한 저의 제2의 인생에서
건강했을 땐 접할 수 없었던 많은 경험을 쌓고 있습니다.

저의 인생은 여전히 현재진행 중입니다.

그리 힘들지만은 않았던 18년

서
영
임

2005년에 생전 듣도 보도 못한, 일명 듣보잡(듣도 보도 못한 잡놈) 병에 걸려 장애인으로 살게 되었습니다.

그 당시만 해도 장애인이라는 이름이 생기면 나도 모르게 주눅이 들어 자신 있게 행동하지도 못하고 어설픈 행동으로 남들에게 피해 주지 않을지 어쭙잖은 걱정을 갖고 살았습니다.

장애 등록을 해도 되겠냐는 저의 질문에 친정엄마는 '장애 등록을 안 한다고 해서 네가 장애인이 아니냐, 장애 등록을 해서 받을 수 있는 혜택은 받고 자신감 갖고 살아야지'라고 하셨습니다. (장애인의 딸을 두는 것도 엄마는 속상하셨을 텐데..)

아직 알려지지 않은 희귀병인 다발성경화증이라 다른 환우들처럼 병명을 몰라 신경과가 아닌 다른 과로 몇 년 동안 진찰받으러 다니며 돈은 돈대로 몸은 몸대로 축낸 후에 병을 진단받았습니다.

많은 환우가 몇 년이 지나 다발성경화증이란 걸 알았을 땐 이미 치료할 수 없는 몸이 되어 신체장애까지 안고 살고 있습니다.

전 그래도 운이 좋아 바로 확진 받자마자 치료를 시작할 수 있었습니다. 거기다, 모든 환우가 같이 혜택을 받을 수 있도록 편한 경구용 약의 임상시험을 하여 새롭고 효과 좋은 약으로 치료받고 있습니다.

처음에 발병해서 입원 중일 때 제약회사 간호사님이 오셔서 다발성경화증 환우회라는 단체가 있다고 알려주었고, 전 바로 협회에 등록하고 협회에서 주최하시는 모든 행사에 참여해 환우들과 가족임을 확인했습니다.

10년 전쯤에는 친정 부모님과 함께 협회에서 주최하는 가족 캠프에 참석했는데 휠체어를 타고 지팡이를 짚고 참석한 환우들을 보시며 우리 이쁜 막내딸이 왜 이런 병에 걸렸냐며 눈물을 보이시던 친정아버지도 지금은 아무렇지도 않게 건강하게 사는 딸을 보시며 대견스럽게 생각하시고, 오히려 연세 드신 친정아버지를 부축하기도 하며 건강히 살고 있습니다.

병과 함께 20년 가까운 세월을 지내오며 나름대로 용기와 희망을 갖고 살고 있습니다.

병을 얻고서 긍정적으로 생각하는 최강 낙천적인 사람이 됐고 그렇게 살려고 노력합니다.

얼마 전 시각장애인에 대한 TV 방송을 보았습니다. 생각 같아선 어느 날 갑자기 희귀 난치성질환으로 꼼짝할 수 없는 다발성 경화증도 마찬가지지만 다른 신체장애보다도 시각장애는 아무것도 보이지 않는 세상을 접하는 것이 가장 큰 두려움인 것 같았습니다.

방송 내용 중 '본인이 이렇게 어려운 공부를 할 수 있었던 건 본인이 할 수 있게 방법을 연구하며 가르쳐주신 선생님들 덕분이다'라는 내용을 보았습니다. 그리고 긍정적으로 용기를 갖고 도전하는 사람을 돕는 건 본인의 도전정신이 있어야 하는 것 아닌가라는 생각을 하게 되었습니다.

지금은 병에 걸리지 않았을 때와 걸렸을 때를 전환점으로 제2의 인생을 살고 있습니다.

이렇게 협회를 통해 에픽웍스에서 주관하는 공모 수기로 병을 얻은 후의 삶을 생각하고 배우고 싶었던 많은 수업에 참여하며 제가 건강했을 때는 접할 수 없었던 경험을 즐기고 있습니다.

완치 약이 나올 때까지 용기를 갖고 할 수 있는 한 직업도 갖고 보람 있게 살 것입니다.

병에 걸리지 않았을 때와
걸렸을 때를 전환점으로
2의 인생을 살고 있습니다.
용기를 갖고
할 수 있는 한 직업도 갖고
보람 있게 살 것입니다.

✦

각자의 삶이 각자의 텔레비전에서 나온다면 어떨까?

사실 때로는 내 인생도 저 방송처럼 혼자 돌아갈 때가 있을 텐데,
그런데 어쩐지 나의 사랑하는 딸이 없는 내 채널은
어쩐지 어색하다.

사랑하는 나의 딸의 방송은 어떨까?

늘 좋은 내용, 행복한 내용만 나오기를,
나는 늘 기도한다.

보통의 / 하루

서
지
은

'띠링띠링' 핸드폰에서 알람이 울린다.

아침잠이 많은 딸내미는 눈을 겨우 떠서 고양이 세수를 한다. 뭐라도 먹고 출근했으면 하는 마음에 부랴부랴 미숫가루를 물에 데우고 과일을 깎는다.

먹이는 건 다 어디로 가는지 요즘은 자꾸 살이 빠져서 앙상한 팔다리를 보니 마음이 안 좋다. 자가면역질환 환자들에게 환절기는 늘 위기 경보 발동 기간이다. 어설프게 감기라도 걸렸다가는 면역력이 약해 진탕 고생한다.

배에 바람 들라 기능성 이중 보온 내복을 준비했다. 내복 바지에 속바지까지 둘둘 말아 입혀 출근을 시킨다.

한창 멋 부릴 나이, 다른 아가씨들은 맨다리에 미니스커트니, 뭐니 하는데 할머니 보온 메리는 웬 말인지.

주는 대로 곧잘 입는 딸이 영 멋쟁이는 아니라 다행이구나 싶다. '엄마, 나갔다 올게!' 약한 몸으로 아침부터 돈 벌겠다고 현관을 나서는 딸을 보니 마음이 짠하다.

회사를 보내놓고는 미뤄둔 집안일을 한다. 세탁기를 돌리고 청소기로 방을 쓸고 닦고 환기를 시킨다. 세면대는 또 왜 이렇게 자주 얼룩이 지는지. 이것저것 하다 보면 끼니때를 놓치기 십상이다.

늦은 점심은 식은 밥에 김치로 대충 먹는다. 한국다발성경화증 협회 홈페이지에 접속해서 새로운 신약 소식이나 세미나 근황은 없는지 살핀다. 최근에 새로운 약제로 바꿨는데 이와 관련해서 정보가 부족해 아쉽다.

공지 사항에 환우 수기 공모 안내문을 발견했다. 우리 딸 또 글솜씨가 괜찮은데. 이따 저녁에 오면 말해줘야지 하고 메모한다. 요즘은 갱년기라 자꾸 깜빡깜빡해서 안 적어두면 곧잘 잊어버린다.

덥기는 또 왜 이렇게 더운지.

딸이 아프니 나라도 건강해야 하는데 중년 부인에게 주어진 책임이 막중하다.

한숨 돌리려고 소파에 앉아 텔레비전을 켜니 나른하게 잠이 쏟아진다. 텔레비전은 보는 둥 마는 둥 하고 선잠이 든다.

오후에는 냉장고가 비었길래 장에 들렀다. 얼마 전에 한 건강검진에서 딸의 대사증후군 수치가 조금 높게 나왔는데 아무래도 너무 편식이 심한 것 같다.

신선한 과일 야채를 사서 건강식으로 저녁상을 준비할까 싶다. 파프리카도 사고 브로콜리도 사고 담다 보니 이것저것 한 바구니 샀다. 어떻게 하면 좀 더 맛있게 먹을까 싶어 이렇게, 저렇게 레시피를 찾아본다.

요즘은 짬을 내서 영어 공부를 하고 있다. 늘 출근하기 싫어하는 딸을 보며 직장 때려치우고 엄마랑 같이 외국 가서 제2의 삶을 살아보자 꼬시고 있는데, 원체 영어가 되어야 말이지.

아이 캔 스피크 잉글리시.

얼른 공부해서 딸을 데리고 전 세계 어디라도 가서 평화롭게 살고 싶다는 소박하고도 원대한 꿈을 꾸고 있다.

저녁. 퇴근 후 귀가한 딸의 하루 일과 보고가 조잘조잘 이어진다. 오늘 점심 메뉴, 새롭게 맡게 된 일, 동료와의 다툼. 잘 적응하고 다니나 싶다가도 무슨 문제가 있다고 하면 마음이 쿵 내려앉는다.

지나친 스트레스가 재발로 이어질까 봐 노심초사한다. 내가 해결해 줄 수 없는 딸의 직장 고민. 슈퍼우먼이 되어서 다 해결해 줄 수 있으면 좋을 텐데 그러지 못해 저녁상만 더 공들여 차린다.

새롭게 무친 나물무침도 잘 먹는 걸 보니 뿌듯하다.

식사 후 후식으로는 아까 낮에 장에서 샀던 홍시를 낸다. 딸이 가장 좋아하는 과일인 홍시가 지금 딱 제철이다. 앞으로 한 달은 더 홍시를 챙겨 먹일 수 있어 기쁘다.

저녁 시간은 짧다. 조금 같이 놀다 보면 금세 잘 시간이다.

씻고 잠자리에 누운 딸은 아직도 자기가 아기인 줄 아는지 이불은 꼭 엄마가 덮어달라는 어리광을 부린다.

굿나잇 인사를 주고받고 불을 끈다. 거실에는 텔레비전이 혼자 돌아가고 있다.

각자의 삶이 각자의 텔레비전에서 나온다면 어떨까? 사실 때로는 내 인생도 저 방송처럼 혼자 돌아갈 때가 있을 텐데, 그런데 어쩐지 나의 사랑하는 딸이 없는 내 채널은 어쩐지 어색하다.

사랑하는 딸의 방송은 어떨까?

늘 좋은 내용, 행복한 내용만 나오길 기도한다.

보호자의 하루는 이렇게 저물어 간다.
엄마의 하루는 이렇게 저물어 간다.

✦

'제 맘대로 오시는 손님'이 오시면
오시는 대로 잘 달래서 보내면 그만,

몸이 불편해지거나 시력이 지금보다 더 나빠져
앞을 보기 힘들어져도 또 그때 상황에 맞게
나는 내 삶에 소소한 기쁨을 만들며 살아낼 것이다.

늘 그랬던 것처럼 유쾌한 일상을 살 것이다.

맘대로 오는 / 손님

이
경
희

 몇 년 후, 내가 고3 때를 돌이켜 보며 들었던 생각은 '잠깐 내가 신병에 걸렸던 걸까'였다.

 1996년 여름, 매일 새벽까지 전투적인 고3 여름방학을 보내던 나는 갑자기 시작된 반복적인 구토와 딸꾹질로 학원에 못 가는 것이 하루하루 안타까운 수험생이었다.

 고된 위내시경과 여러 가지 검사에도 원인을 알 수 없던 증상에 의사들은 '스트레스성 고3병'이라 결론 냈고, 분명 뭔가 큰 병에 걸린 것 같다고 걱정하셨던 부모님은 '되레 다행이다'라는 반응이셨다.

그 후로 찾아온 오른 다리와 손의 마비 증세로 충격을 받아 수능을 어찌 치렀는지 기억도 잘 안 난다.

마비 증세로 검사를 받아도 모든 것이 정상이었으므로 그것 역시 고3병 후유증인가 보다 했다.

대학에 가서 나는 고3도 지났건만. 그 고3병은 나아지지 않았고 겉으로 보기엔 멀쩡하지만, 피부를 불에 지지는 듯한 통증이 감기처럼 가끔 날 찾아왔다.

전국에 유명하신 의사분들을 찾아갔고 어떤 분은 "얘기로만 듣던 그런 병이 진짜 있네요. 겉으로 보기엔 멀쩡한데, 진짜 불에 데는 것처럼 아프세요?"라고 하신 분도 있었고 세미나에서 발표하겠다며 마비 증상이 왔을 때 강직이 오는 순간의 내 손 모양을 비디오 촬영했던 의사도 있었다. 그분들을 탓하기보단 지금의 의술에 감탄하는 포인트이다.

그 후로 직장을 다니고 결혼을 하고 해외연수도 가고 아기도 낳았지만, 열흘 정도 통증이 오는 증상은 일 년에 네다섯 번 계속되었고, 언제 그 통증이 오는지 여러 가지 나름의 원인을 파악해 보려 노력했지만, 딱히 피곤해서도 몸이 약해져서 오는 것도 아닌 그냥 나의 결론은 '제 맘대로 오는 손님'이었다.

머리카락만 살짝 닿아도 10~15초 정도 오는 통증은 그 순간 참을 수 없이 아파서 꼭 소리를 꽥! 지르게 되기 때문에 이 증상을 처음 겪은 초기엔 통증이 오는 열흘 정도 외출은 하지 못했다.

 통증이 시작된 줄 모르고 친구와 식당에 갔다가 아파하는 날 보고 주인 아줌마가 깜짝 놀라 119 신고를 해주시려 했던 기억도 난다. 그러다 난 그냥 그 손님을 내 인생에서 뗄 수 없는 애증의 친구로 받아들였고 아프면 아픈 대로 일상을 살아갔다.

 패션디자이너였던 나는 직장에서 일하다 통증이 오면 아무도 없고 옷이 많아 소리가 잘 안 새어 나가는 샘플실로 달려가 입을 막고 참다 통증이 끝나면 다시 일했다.

 병원에 가 봐도 약이 없으니 나는 이게 뭔지는 모르겠지만 이 병의 시작이 신병이 아니었을까 하는 상상까지 했었다. (다행히 무당을 찾아가진 않았다)

 어릴 때부터 아팠던 날 봐온 남편은 통증이 오면 날 건드리지 않아야 한다는 걸 알았고 공공장소에서 통증이 오면 나 대신 내 입을 막아주곤 했다.

한해 한해 시간이 갈수록 이제 통증이 와도 찍소리도 안 낼 수 있는 참을성이 길러졌고 '허허 이제 별거 아니구먼'이라며 건방졌던 찰나 큰 놈이 왔다.

이번엔 정말 참을 수 없다. 이건 해도 해도 너무한 통증이었다.

정확히 내 배꼽을 시작으로 왼쪽 옆구리를 지나 척추 가운데까지 정확히 수평으로 이번엔 불도 아니고 도끼로 찍어내도 이것보단 안 아플 것 같은 아주아주 센 놈.

통증이 시작되면 같이 살던 시부모님이 놀라실까 봐 얼른 베개로 입을 막고 소리를 고래고래 질렀다.

다니던 병원 응급실에서는 척수 암을 의심했기에 삼성병원 신경과로 옮겨 와서 MRI 상 보이는 작은 동그라미가 척수염이었던 것 같다는 진단을 받기까지, 며칠 동안 정말 피가 마르는 것 같았다.

이번 통증의 발병부터 외래를 본 몇 주 동안 다행히 증상은 없어졌고 그 후로 꾸준한 운동과 식단 때문인지 가끔 오던 '제 맘대로 오는 손님'도 안 왔다.

통증도 안 왔고 아무 증상이 없어지니 삶의 질이 올라간 느낌!!

그러니 나는 운동을 더 열심히 해야겠단 마음으로 고강도 필라테스를 시작했는데 며칠 뒤 내 몸이 웅웅 거렸다. 과유불급.

꼭 큰 징을 친 후 내 몸에 바로 갖다 댄 것처럼. 웅웅- 오른손을 시작으로 겨드랑이를 지나 왼쪽 손까지, 그러다 오른발을 시작으로 허벅지를 지나 왼쪽 발까지 웅웅-.

바로 응급실로 향했다. 코로나가 심각했을 때라 응급실 들어가는 것도 복잡했고 치료도 오래 기다려야 했지만 그래도 병원에 누워 있으니 안심이 됐다.

새벽까지 MRI 차례를 기다리느라 앉아서 졸고 있는 남편이 안쓰러웠고 집에서 엄마 걱정을 할 여덟 살 아들 생각에 마음도 많이 힘든 시간이었다. 그러다 모든 검사를 마치고 첫 외래를 보던 날을 나는 잊지 못한다.

"이경희 님 병명은 '시신경척수염'입니다. 의학이 그사이 발달해서 병명을 알게 되었어요."

내가 이십 년 동안 고3병 내지는 신병이거나 최소한 내가 알지 못하는 신경 어느 작은 부분에서 암세포가 자라나고 있는 건 아닌지 걱정하던 원인 모를 '제 맘대로 오는 손님'의 이름이 드디어 밝혀지는 순간이었다.

희귀 난치성 질환이고 재발이 잦으면 실명할 수도, 하반신이 마비될 수도 있다는 말에 약간은 무서웠지만 그것보단 병명을 알아서 속이 시원하다는 느낌이 더 컸다.

이제야 모든 퍼즐이 맞춰졌고, '그래서 내가 그때 시신경염으로 스테로이드를 맞아야 했고, 구토와 딸꾹질을 했고, 손발이 마비되었구나'. 병명을 들은 날 남편, 아들과 함께 강원도 양 떼 목장에 가서 오랜만에 마스크를 벗고 산 아래를 내려다보며 시원한 숨을 쉬었다.

재발의 후유증이 무서운 병이라 예방 차원에서 일 년에 두 번 리툭시맙을 맞고 있고 너무나 다행히 2년간 아무 증상 없이 생활하고 있고, 뻣뻣했던 오른손도 오른 다리도 시간이 흐를수록 자연스러워졌고 아주 조금이지만 남아있긴 한 오른쪽 시신경 덕분에, 시력은 나빠지고 불편하지만 그런대로 잘 보인다.

사실 고3 때 첫 발병한 이후로 현재 마흔다섯이 되기까지 시신경척수염뿐만 아니라 실명까지 위협하는 망막박리 수술, 전 절제를 해야만 했던 유방암 수술까지도 경험했다.

그 병들은 시신경 척수염과 별개의 발병이었고 이 나이에 경험하긴 흔치 않은, 마음과 몸에 새겨진 꽤나 심각한 훈장이다.

그럼에도 너무나 평범한 일상을 살아가는 나에게 많은 주위 사람들은 마인드 컨트롤의 비법을 알고 싶어 하지만 아쉽게도 내 정신 승리는 너무나 뻔해서 '교과서로만 공부해서 만점 받았어요' 만큼 재미없다.

그것은 바로 긍정!!

아마 많은 환우들은 듣기만 해도 되레 스트레스받는 단어일 것이다.

긍정적으로 생각하라는 건 모든 병의 발병 초기에 의사나 소식을 들은 지인들에게 끊임없이 듣는 말이기 때문이다.

하지만 많은 환자들은 생각한다. '나도 마음을 편히 갖고 싶고 긍정적으로 생각하고 싶은데 그게 안 되는 걸 어찌해' 라고.

그렇게 또 다른 걱정까지 만드는 그 긍정이 내게는 있었다.

이 아픈 병을 손님이라고 하는 것도 내 긍정의 힘이다. 그러면 내 긍정은 어디에서 온 것일까?

우선 밝고 맑은 친정엄마. 어떤 일에도 평정심을 유지하시는 시어머니, 무엇보다 어릴 때부터 내 병을 함께 겪은 남편이 아주 큰 역할을 한다.

엄마는 내가 고3 때 병실에 누워있을 때도 늘 밝은 얼굴로 간호를 해주셔서 나 스스로 내 증상이 얼마나 심각한지 몰랐다. 나중에 들은 얘기로는 저렇게 못 먹고 게워만 내다간 정말 큰일 날 수도 있다는 의사선생님의 얘길 듣고 우시는 아빠를 내쫓은 후 다시 밝게 웃으며 병실로 들어오셨다고 한다.

이미 엄마 자체가 초긍정!

우리 시어머니는, 결혼하자마자 통증으로 아파하고 유방암 수술도 받은 며느리가 미울 수도 있으셨을 텐데 늘 나에게 아무렇지 않게 대하셨다.

대신 전보다 자주 절에 가서서 기도를 드리신다는 건 알고 있었다. 그리고 마지막으로 제일 중요한 나의 최측근, 남편이다.

중학교 동창인 남편을 23살에 다시 만났고 나와 병을 함께 겪은 동지이다. 그리 살갑고 친절한 스타일은 아닌 남편은 의사 선생님의 어떤 진단에도 나를 불쌍히 여기거나 호들갑을 떨지 않는다.

 어떨 땐 이렇게 아픈 나에게 좀 더 특별대우 해 주지 않는 것이 서운할 때도 있지만 생각해 보면 언제나 내가 그 상황에서 최대한 편히 쉴 수 있게 노력한다.

 '입원 준비 해서 ㅇㅇ 병원으로 와' 한마디에 나의 애착 베개와 여러 입원 용품을 알아서 꼼꼼히 챙겨 와 주고, 시신경염으로 스테로이드 치료를 받을 때는 앞을 볼 수 없으니 큰 헤드셋을 가져와 음악이나 라디오를 들을 수 있게 해 주었고 팔다리에 마비가 왔을 땐 편안한 자세를 찾아 주고는 같이 재미있는 예능을 보았다.

 큰 병을 진단받고 우는 나에게 늘 침착한 목소리로, 객관적으로 상황을 바라보고 의견을 얘기해 주고, 평소엔 내가 아픈 사람인 걸 '감안'만 할 뿐 크게 배려를 하거나 미리 걱정하지 않는다. 그래서 난 더욱 내 병들에 대해 심플한 마음을 갖게 되는 것 같다.

특히 평생 관리해야 하는 시신경 척수염에 대해서 어찌 보면 시한폭탄을 안고 사는 내가 다른 생각 없이 온전히 나로서 살아갈 수 있게 나 스스로 나를 불쌍하고 특별한 환자라고 생각이 들지 않게 남편이 나를 무심히 좋은 쪽으로 조종하고 있었나 보다.

지금은 육아를 하며 바느질로 핸드메이드 용품을 하는 일을 하는 나는 내가 희귀 난치병을 앓는 환자라는 사실도 가끔 잊고 살 때가 있다. 그저 시신경척수염 재발이나 다른 병에 걸리지 않도록 운동과 식단에 남들보다 조금 더 신경을 쓰며 내 일도 할 수 있는 만큼만 할 뿐이다.

다시 또 '제 맘대로 오시는 손님'이 오시면 오시는 대로 잘 달래서 보내면 그만, 몸이 불편해지거나 시력이 지금보다 더 나빠져 앞을 보기 힘들어져도 또 그때 상황에 맞게 나는 내 삶에 소소한 기쁨을 만들며 살아낼 것이다.

늘 그랬던 것처럼 유쾌한 일상을 살 것이다.

23살에 다시 만난 중학교 동창 나의 남편,
나와 병을 함께 겪은 동지이자 나의 긍정의 힘이다.

✦

병을 만나고 잃은 것도 많지만
그와 반대로 얻은 것도 많은 거 같습니다.

누구나 병에 걸릴 수 있습니다.

중요한 건 자기가 그걸 어떻게 받아들이고 치료해서
이겨내는 것이 중요한 거 같습니다.

마음먹기에 따라 다 달라진다

이
동
환

다발성경화증을 만나고 더불어 산 지가 벌써 20년 이상의 시간이 흐르고 있습니다.

눈에 띄게 병으로 나타난 증상은 학교 수업을 마치고 집으로 돌아오는 길에 오른쪽 다리가 잘 들리지 않고 질질 끌게 되었을 때였습니다.

'왜 이러지, 몸이 피곤해서 그런가'라고 생각하고 그날은 잠자리에 일찍 들었습니다. 하지만 다음 날에도 다리를 끌게 되자 겁이 덜컥 나서 바로 대학 병원 응급실로 직행했습니다.

응급실에 누워있으면서 3년 전 시신경염으로 스테로이드 치료를 받았다는 것을 알리니, 병원에서 입원을 권유해서 여러 가지 검사를 받게 되었습니다.

14일간의 입원 후 다발성경화증으로 진단을 받았습니다. 내가 희귀병에 걸렸고 휠체어를 탈 수도 있다는 그 말에 머리가 하얘졌습니다. 너무 충격적이었고 '내가 왜 난 잘못한 게 없는데'라는 생각과 함께 슬프고 화가 났습니다.

재발 방지를 위해 인터페론 주사를 시작해야 한다는 의사의 말에 진단받은 후부터 시작된 인터페론 주사는 현재까지 제품의 종류는 바뀌었지만 계속 맞고 있으며 주사를 맞기 싫을 때도 '이 주사를 맞으면 재발이 없을 거야' 하는 자기 암시라면 암시를 하면서 빠짐없이 주사를 맞았습니다.

학교 졸업 후 지금 생각하면 왜 그런 마음을 가졌는지 그때는 병에 지고 싶지 않고 부모님으로부터 자립하고 싶어 구직을 서울로 정해서 직장생활을 시작했습니다.

자취를 하면서 사는 곳 근처에 협회가 있어서 궁금한 점이 있으면 협회를 방문해서 많은 조언을 얻고 대화를 나누었습니다. 그래서 그런지 환우회에 꾸준히 참석해 왔고 스스로도 꼭 참여하고 싶어 지금도 꾸준히 행사에 참석하고 있습니다. 그러다 보니 다른 환우들도 더불어 많이 알게 되어 서로 동병상련하고 있습니다.

지금 저는 결혼도 했고 아들도 1명 있습니다. 제 와이프는 협회 행사에서 알게 되었습니다. 와이프는 그 당시에 장애등급을 받은 환우였지만 밝게 생활하는 모습이 제겐 병이 있는 환자란 게 그렇게 문제가 되진 않았습니다.

연애를 하면서 함께 협회 행사에 참석했습니다. 와이프는 다발성경화증으로 진단을 받았지만, 재발 후 병명이 시신경척수염으로 바뀌었고 다시 재발 후 mog라는 탈수초 질환으로 10년의 세월이 지나고 있습니다.

저 같은 경우는 처음 증상부터 빠르게 스테로이드 치료로 장애등급 없이 살고 있지만 와이프는 초기에 한의원치료로 1년의 시간을 보내고 스테로이드 치료를 해서 그런지 장애등급을 가지게 되었습니다.

와이프는 지병으로 오랜 약치료와 합병증 때문에 몸에 이상이 생겨 비뇨기과, 피부과, 심장내과, 재활의학과를 다니고 있습니다.

저 같은 경우는 진단받고 몇 번의 재발부터는 대장 쪽이(과민성 대장염) 다른 곳보다 많이 신경 쓰이는 부분입니다. 그래서 음식조절은 필수로 하고 있습니다.

보통 연애를 하고 결혼을 하면 아이를 가지는 게 일반적인 상황이지만 우리 부부에게는 해당되지 않는다고 생각했습니다. 그래서 결혼 후 4년의 시간 동안은 우리끼리만 잘 살면 된다고 생각했습니다.

시간이 지나니 우리 부부도 자식에 대한 생각이 많이 들어 상의하에 와이프가 임신해서 아들을 출산했습니다. 자연분만으로 입원 2시간 만에 아들을 낳은 게 지금 생각해도 너무 대단하고 고맙습니다.

하지만 양육에 대한 현실은 있었고 와이프가 몸이 불편하니 처가 가까이 살게 되었고 가족의 사랑을 받으며 아들은 무럭무럭 아픈데 없이 지금도 잘 자라고 있습니다.

아들을 보면 힘이 나고 가장으로서의 책임감으로 잘 키우고 싶다는 생각이 듭니다.

저는 처음 다발성경화증 확진을 받고 나서 한동안 의욕 없이 지낸 거 같습니다. 하지만 대학교를 졸업하면서 취업을 해야 한다는 생각이 들었고 스스로 자립해야겠다는 생각에 병에 대해 고민하는 거보다 취업에 대한 고민으로 관심을 돌렸습니다.

서울에서 취업 후 3년의 시간이 지나니 지금 맞는 인터페론을 끊고 싶다는 생각이 들어 자의적으로 주사약 맞는 것을 10개월 정도 중지했습니다. 하지만 착각은 현실로 돌아왔습니다.

결국 재발이 와서 왼쪽 팔에 힘이 잘 안 들어가고 오른쪽 다리를 끌게 되었습니다. 한 번도 재발이 없었던 왼쪽으로 와서 무섭고 두려웠습니다. 그래서 병원에 입원해서 여러 검사를 받은 후 다시 스테로이드 치료를 했습니다.

스테로이드 치료로 몸은 어느 정도 회복되었고 인터페론 주사약을 다시 시작했습니다. 재발의 큰 아픔을 겪고 나서 인터페론 주사와 비타민D 복용 등을 꾸준히 지키고 있습니다.

와이프는 아들을 낳고 9개월 후에 재발하게 되었습니다. 와이프는 재발을 하니 왼쪽 팔다리가 뻣뻣해지고 움직임에 많은 장애가 생겼습니다.

그래서 병원을 바꾸어 일산암센터 김호진 교수님께 진료받고 병명이 시신경척수염으로 바뀌었습니다. 병명이 바뀌었으니 인터페론 주사약은 중단하고 시신경척수염 치료제인 먹는 약으로 바뀌었습니다.

약을 복용한 후 1년의 시간이 지난 후 다시 재발이 되었고, 병명은 MOG 탈수초 질환으로 바뀌었습니다. 그 이후로 10년 가까이 재발 없이 잘 지내고 있습니다.

저와 와이프는 병명을 잘 찾고 그에 맞는 약을 잘 써야겠다는 생각이 듭니다. 꾸준한 복용은 필수입니다. 우리가 가진 병이 워낙 희귀병이다 보니 병명이 바뀌어 약을 잘 못 쓰는 경우가 있었지만, 요즘은 병명을 빨리 판단하는 방법이 나와서 좋은 거 같습니다.

저 같은 경우는 한 집안의 가장이니 일은 당연히 해야 하고 집에 돌아오면 와이프를 챙겨야 합니다. 게다가 아들이 있으니, 처가와 가까이 사는 게 저한텐 당연한 거 같습니다.

병을 만나고 잃은 것도 많지만 그와 반대로 얻은 것도 많은 거 같습니다. 누구나 병에 걸릴 수 있습니다. 중요한 건 자기가 그걸 어떻게 받아들이고 치료해서 이겨내는 것이 중요한 거 같습니다.

자신의 병으로 스스로의 동굴에 갇혀서 지내지 말고 자신의 고민과 관심을 밖으로 내보내야 한다고 생각합니다. 제일 중요한 건 희귀병은 병에 걸리는 순간부터 기본적으로 몸 관리 잘하고 주변 사람들과 소통을 잘해야 한다고 생각합니다.

" 협회에서 만난 와이프와 함께 찰칵. "

✦

나로 인해 상황들이 많이 바뀌면서
우리 가족은 더 끈끈해지고 있었다.

그렇게 치료받고 퇴원 후 약을 먹는 약으로 바뀌며,
서울대로 몇 개월씩 가던 진료를 6개월에 한 번씩 가게 되었고,
약은 천안 순천향대학병원으로 변경하면서
조금씩 마음에 안정이 찾아왔다.

나 역시 여전히 일도 열심히 하면서 아주 편안한 마음으로 살고
있다. 엄마가 행복해야 아이들도 행복하다는 말이 무슨 뜻인지
실감하며 평화로운 삶을 살고 있다.

마음의 여유

허
명
순

 37살의 늦은 결혼.

서울에 살다 결혼과 동시에 남편을 따라 천안으로 내려왔다.

 아이는 생각보다 더디 오는지 무료하고 아는 사람도 없는 터라 일을 시작했다. 여직원들만 있는 회사에 취직했다.

 직장 생활이 이렇게 재미있었나 하며 회사 생활을 하고 입사 1년 만에 아이가 생기고 딸아이 둘을 이 회사에 다니며 키웠고, 2013년 큰아이 8살 초등학교 입학을 시키고, 7월 마지막 주 한참 부가세 신고가 끝나가는 날... 부가세 신고 기간에는 매일 밤 10시까지 야근한 지가 8년째... 부가세 신고가 끝나고 바로 시부모님을 모시고 강원도로 여름휴가 계획이 잡혀있었다.

1월, 7월 부가세 신고 기간에는 항상 이렇다. 그 시간을 항상 보내면서도 힘들다는 생각보다는 끝났다는 시원한 마음으로 마감했었다.

하지만 이번 여름은 유난히 힘들고 지쳐 있었다. 시누이에게 이번 휴가는 나는 못 갈 것 같다고 했더니 많이 서운해 하기에, 남편에게 투덜대며 함께 휴가를 갔다.

문제는 휴가를 가서 불현듯 배변 장애가 오면서 회음부 쪽에 감각 이상이 시작되었다. 소변, 대변을 봐도 어느 정도의 양을 보고 있는 건지, 시원하게 볼일을 보는 게 아니라 흐르는 느낌뿐이었다. 한 차로 움직인 터 몸이 안 좋다고 먼저 간다고 할 수도 없는 상황에 꼬박 3일을 함께 움직이다 집으로 돌아왔다.

휴가를 보내고 출근하고 직원들과 나의 몸 상태를 보고는 디스크가 생기면 그럴 수도 있다는 이야기에 근처에 기계도 새로 들어오고 잘 본다는 병원에 갔다.

MRI 촬영하고 담당 선생님의 하신 말씀이 디스크는 아닌 것 같다. 그런데 증상을 보면 너무 의심스럽다. 촬영한 부분보다 더 위쪽으로 다시 한번 찍어보자는 선생님.

다시 찍은 것은 비용을 받지 않겠다는 말씀과 함께 재촬영이 시작됐고, 결과는 척추 쪽에 무언가 보이는데 서울 큰 병원으로 가라는 말씀을 해주셨다.

인터넷 검색과 지인들의 조언을 바탕으로 '서울대 김성민 교수님'이 적격이라는 판단하에 예약이 2주 이상이 밀려 있는 상태지만 기다릴 수밖에 없었다. 진료 예약을 기다리는 동안 회음부뿐만이 아니라 팔과 다리에 힘이 빠지기 시작했다. 손가락 끝은 감각 이상으로 내 피부가 아닌 느낌이었고, 이 증상들은 왼쪽으로 오기 시작했다.

지금 생각해 보면 몇 년 전부터 전조증들이 있었다. 이유도 없이 눈앞이 흐리면서 보이질 않아 안과에 갔더니 아무 이상이 없고, 다시 괜찮아지면서 목뒤가 감각이 없어지고, 그 뒤로 왼쪽 허벅지가 가려워 긁으면 내 살이 아닌 느낌이고, 언제부턴가는 두통이 시작됐고 급기야 신경과를 찾아가 진료 받은 결과가 '원인 모를 두통으로 인한 뇌경색'.

오진이라고 생각할 겨를도 없이 무슨 이런 일이... 뇌경색약을 1년 정도 먹고 난 뒤의 일들이다.

서울대 진료 날, 병원에서 검사 CD와 나의 증상을 보고 긴급으로 응급실로 접수를 해주셨고 정밀검사를 시작하게 되었다.

여러 가지의 검사 결과 내려진 진단명은 '다발성경화증' 병실이 모자라 나는 응급실 복도 침대에서, 남편은 응급실 밖에 벤치에서 3일의 노숙 생활 끝에 1인실, 다음날 2인실, 다음날 6인실의 입원이 시작되었다.

이런 상태에서도 어린아이들 걱정뿐이었다. 8살, 5살 보살핌이 필요한 아이들은 학교와 유치원에 오가며 옆집 언니의 차지가 되었다. 이 언니의 감사함을 평생 잊을 수가 없다.

그렇게 15일의 입원 치료를 하는 동안 아이들 걱정에 눈물로 밤을 보내다 '베타페론' 주사약 처방을 받고 퇴원했다. 한동안은 다리가 내 다리가 아닌 상태로 지내는데, 나의 몸 상태 상황을 모르는 어른들은 '풍'이라고들 했다. 몸 상태는 빠르게 호전 되어 갔지만, 나의 짜증과 화는 더 늘어갔다. 다니던 회사도 퇴사해야 했고 회복은 정상인으로 되어가고 있었다.

호사다마라고, 퇴원하여 회복한 지 한 달 만에 나는 다시 재발이 되어 입원해야 했고 스테로이드제 고용량을 투여받아야 했다. 스테로이드를 다량으로 투약받아야 했고 그로 인해 당수치가 올라 당약을 함께 먹어야 했다. 아마도 이때부터 당이 생긴 게 아닌가 싶다.

더 힘들고 괴로운 것은 원래 있었던 건지 새로 생긴 건지 폐소공포증으로 MRI를 수면으로만 찍어야 한다는 것이었다.

 다시 입원하고 10일 정도 입원 후 퇴원, 힘들지만 주사를 맞아야 했고 겁이 많은 난 2일에 한 번 남편이 주사를 맞혀 주었고, 맞추는 남편이나 맞는 나나 둘 다 힘들었다. 2일에 한 번 주사를 맞아야 하는 나 때문에 남편은 직장을 바꿔야 했다.

 나로 인해 많은 것들이 나에게 맞춰지기 시작했고, 우리 가족은 적응해 가는 그런 시간 속에서 자기들의 위치에서 별 탈 없이 하루하루를 무사히 보냈고, 2년 정도 쉬다 다시 취업했다.

 이렇게 몇 년을 아무 탈 없이 천안에서 서울대병원에 오가면서 많이 좋아지고 있다는 진료 결과를 받으며, 2022년 추석 연휴쯤에 다시 재발이 되어 입원하는 상황이 발생했다.

 코로나19로 인해 모든 것이 어려운 환경에서, 폐소공포증이 있는 나의 상황과 병원의 착오가 겹쳐 MRI 촬영을 3일 만에 마칠 수 있었다. 좋아지고 있는 줄 알고만 있었다가 힘들어지는 상황이 남편에게 미안한 맘뿐이었다.

나로 인해 상황들이 많이 바뀌면서 우리 가족은 더 끈끈해지고 있었다. 그렇게 치료받고 퇴원 후 약을 먹는 약으로 바뀌며, 서울대로 몇 개월씩 가던 진료를 6개월에 한 번씩 가게 되었고, 약은 천안 순천향대학병원으로 변경하면서 조금씩 마음에 안정이 찾아왔다.

발병 당시 8살, 5살이던 딸아이들은 18살, 15살이 되었다. 자상하고 다정한 남편은 늘 한결같았고, 아이들은 엄마 마음을 잘 이해해 주고 집안일들도 잘 도와주며, 학교에서나 집에서나 아주 성실하게 생활하고 잘 자라 주고 있다.

나 역시 여전히 일도 열심히 하면서 아주 편안한 마음으로 살고 있다. 엄마가 행복해야 아이들도 행복하다는 말이 무슨 뜻인지 실감하며 평화로운 삶을 살고 있다.

이전보다 더욱 끈끈해진 우리 가족,
발병 당시 8살, 5살이던 딸아이들은 18살, 15살이 되었고,
자상하고 다정한 남편은 늘 한결같다.
가족이 있기에 더할 나위 없이 평화로운 인생이다.

✦

내 몸은 다른 사람들보다 조금 약할 수 있지만
이렇게 나는 평범한 일상을 보내는 평범한 사람일 뿐이다.

전과 다를 바 없이 내가 좋아하는 것을 찾아가고
많은 것을 경험하며 미래에 대해 고민하는 중이다.

오히려 더 후회 없이 열심히 살 이유가 생겼다.

운수 좋은 날

황
소
원

다발성 경화증 증상 일주일 전.

나의 직업과 삶에 대해 혼란스러운 시기였다. 이 일이 내가 원하는 일인가, 이 일을 하면서 사는 것에 만족할 수 있을까. 앞으로 내가 좋아하는 것을 찾아가고, 여러 방면으로 더 경험해 봐야겠다고 생각했다.

쳇바퀴같이 단조로워진 내 삶에서 무언가 열심히 하고 싶다는 의지가 샘솟았다.

새로운 마음가짐으로 한 주를 시작했다. 출근 전 책을 읽으며 하루를 시작하고 아침도 경쾌했다. 운수 좋은 날처럼 모든 게 기분은 좋은 일주일의 시작이었다.

다음 날 왼쪽 안구 통증이 시작됐다. 단순 피로 때문일 거라 생각했다. 시간이 지날수록 시야가 흐려졌다. 일주일 만에 왼쪽 시야의 70%가 보이지 않았고, 색깔 구분도 희미해져 온 세상이 노랬다.

친언니는 응급실을 가보라고 했지만 평소 병원도 잘 가지 않고, 나한테 그렇게 심각한 일이 발생할 리가 없다고 현실 부정을 하며 아침 일찍 동네 안과에 갔다. 안과를 가면 어떤 문제인지라도 알 것이라 기대했는데 수많은 검사 끝에 결론 없이 신경과 진료를 권유받았다.

눈 문제를 안과에서 찾지 못하면 원인 모르게 이대로 실명인가…. 불안감이 엄습했다.

신경과 진료를 기다리면서 창밖으로 지나가는 사람들을 봤다. 이 사람들은 지금 모든 걸 선명하게 보고 걸어가겠지? 내 두 눈으로 선명하게 보던 때가 기억나지 않았다. 나한테 갑자기 왜 이런 일이 생겼을까. 너무 불안했고 모든 게 원망스러웠다.

당장 큰 병원 응급실에 가서 치료받으라고 하는 의사 선생님의 말씀은 청천벽력 같았다. 마주하고 싶지 않았는데. 결국 올 게 왔구나. 간호사 선생님이 내 손을 잡으며 "다 괜찮을 거다. 조심히, 천천히 가라"는 위로에 눈물이 쏟아졌다.

지금 이건 큰일이구나….

실감이 안 났다.

생소한 응급실에서 혼자 길고 길었던 대기와 모든 검사를 마쳤다. 한순간에 나는 말로만 듣던 MRI, 뇌척수 검사 등을 해야 하는 환자였다. 그렇게 입원실로 옮겨졌다.

아무 결과도 듣지 못하고 혼자 누워있을 땐 한쪽 눈이 실명되어도 좋으니 이렇게 죽는 병만 아니었으면 좋겠다고 간절히 바랐다.

병원에서 맞는 첫 아침. 커튼이 걷혀서 눈을 떠보니 세 명의 의사 선생님들이 내 앞에 있었다. 증상의 원인은 시신경염이고 뇌에도 병변이 보여 정확한 건 정확한 검사 결과가 나와봐야 안다고 섣불리 말씀해 주지 않으셨다. 일단 급성기치료를 시작했고 힘들게 기다린 결과는 다발성경화증이라는 희귀 난치병이었다.

처음 해보는 병원 생활은 온갖 검사들과 잡생각들의 향연이었다. 인터넷에 검색하면 나에게 좋은 글들은 보이지 않았다. 온갖 부정적인 얘기들이 다 내 얘기 같고 앞으로 이 병을 가지고 살아야 할 나의 미래가 캄캄하기만 했다.

이렇게 생소한 질환이 내 일이 될 것이라고 생각해 본 적이 없다. 한순간에 이 병을 내 삶에 받아들이기가 힘들었다.

증상 발현 후 내 몸 상태에 예민해졌다. 내가 다시 옛날처럼 앞을 보고 살아갈 수 있는 건지 불안했고 손발이 조금이라도 저리거나 쥐가 난 것 같으면 전전긍긍 계속 움직여보고 눌러봤다. 어느 정도가 될 때 문제가 되어 치료받아야 하는 건지 온갖 생각에 이렇게 해서는 정상적으로 살 수가 없다는 생각을 했다.

정신적으로 괴롭혀지니 몸까지 힘들었다. 밤에 자면서 숨이 안 쉬어지고 공황증세도 보였다.

죽는다면 어떻게 될까. 지금까지 죽음에 대해서는 적당히 살다가 미련 없이 가야겠다고 생각해 왔는데 이렇게 빨리 원치 않는 죽음이 코앞에 있다고 생각하니, 못해본 게 아직 너무 많아 억울하고 걱정할 가족들에게 미안했다.

다행히 이러한 감정의 소용돌이는 시간이 흐르면서 자연스럽게 가라앉았다. 퇴원 후 서서히 시야가 회복되었고 일상생활을 조금씩 정상적으로 해나가면서 걱정도 점차 사라졌다. 의사 선생님도 초기에 발견되어 다행이고 잘 관리하면 큰 문제 없이 생활할 수 있을 거라고 하셨다.

또한, 같은 질환을 앓고 있는 환우들과 비슷한 질환 환우들의 긍정적인 기록들이 나에게 안정과 용기를 주었다.

누가 봤을 때는 절망적으로 보일 수 있지만 그들은 오히려 누구보다 활기차고 즐겁게 잘 지내고 있었다. 마음을 다잡았다. 긍정적인 마음으로 현재에 충실하게, 즐겁게 지내자.

하지만 부모님에게는 말하지 못했다. 아마 평생 말하지 않을 것 같다. 이미 아빠가 작년에 큰 심장 수술을 하며 너무 힘든 시기를 보내와서 부모님을 더 힘들게 할 엄두가 안 났다. 언제 또 아플지 걱정하고 불안해하고 힘든 상상을 하게 하는 것만으로 힘든 시간인 걸 알기 때문에.

부모님이 살아계실 때까지 건강한 모습을 보여주는 게 현재 내가 살아가는 목표 중 하나가 되기도 했다.

모든 게 무너질 것 같았던 병원에서의 생활과는 달리 지금 나의 삶은 활기차다.

변한 건 아침, 저녁으로 식사 중 약을 먹어야 하므로 매일 아침을 먹으며 시작한다는 것이다.

주말엔 늦잠도 못 자고 일어난다. 원래 하던 풋살을 다시 시작했고 건강한 식습관과 규칙적인 생활을 하려고 노력한다.

내 몸은 다른 사람들보다 조금 약할 수 있지만 이렇게 나는 평범한 일상을 보내는 평범한 사람일 뿐이다.

전과 다를 바 없이 내가 좋아하는 것을 찾아가고 많은 것을 경험하며 미래에 대해 고민하는 중이다.

오히려 더 후회 없이 열심히 살 이유가 생겼다.

사랑하는 사람들과 함께, 즐겁게 지내는 삶. 하루하루 감사하며 소소한 행복을 찾을 수 있는 마음가짐으로 오늘도 하루를 시작한다.

모든 게 무너질 것 같았던 병원에서의 생활과는 달리
지금 나의 삶은 활기차다.
사랑하는 사람들과 함께, 즐겁게 지내는 삶.
하루하루 감사하며 소소한 행복을 찾을 수 있는 마음가짐으로
오늘도 하루를 시작한다.

에
필
로
그

다발성경화증이란

다발성 경화증은 뇌, 척수, 시신경으로 구성된 중추신경계에 발생하는 만성 질환으로, 환자의 면역체계가 건강한 세포와 조직을 공격하는 자가면역 질환입니다.

다발성 경화증의 명확한 원인은 아직 밝혀지지 않았습니다. 전염성이 없으며, 모든 연령층에서 발생할 수 있지만 주로 첫 진단의 70% 정도가 20~40세 사이에 이루어지며, 주로 여성에게서 더 흔하게 발병합니다.

증상

다발성경화증의 초기 증상으로 흔히 한쪽 시각 신경염이 나타나며, 흔한 증상으로 감각증상(무감각, 얼얼한 느낌, 화끈 거림 등)과 운동장애(마비 등)가 나타납니다. 재발되기도 쉽습니다.

이 질환은 다양한 증상을 동반하는데, 어떤 중추신경계가 영향을 받았는지에 따라 다양한 증상이 나타납니다.

· 시신경 병변: 시력 감소, 색각 장애, 안구통, 한쪽 또는 양쪽 시각 장애/상실
· 뇌간 병변: 어지럼증, 감각 및 운동 장애, 복시, 구음 장애(발성기관 장애)
· 척수 병변: 감각 및 운동 장애, 배뇨 배변 장애, 성 기능 장애
· 대뇌 병변: 마비, 피로, 인지기능 장애, 우울
· 소뇌 병변: 보행 및 균형 능력 장애, 떨림, 어지럼증

질병의 경과와 예후

대부분의 환자들은 재발 및 완화하는 질병 경과를 보이다가 질병 후기에는 진행형의 경과를 보입니다. 일단 손상된 중추신경을 다시 살리기 어렵기 때문에 정확한 조기진단과 적극적인 관리가 무엇보다 중요합니다. 진행형으로 이환 될 경우에는 재발 및 완화 단계에 비해 치료가 어려울 수 있으므로 다발성경화증은 조기 치료가 매우 중요합니다.

상담

위와 같은 증상이 있으면, 바로 의료기관에 내원하여 진료를 받는 것이 좋습니다. 그리고 언제나 신경과 전문의와 상담하여 치료 방법을 결정해야 합니다.

치료

꾸준한 약물치료는 병을 악화시키지 않고 재발을 줄여줍니다.
대표적인 치료법은 다음과 같습니다.

· 급성 재발 관리: 스테로이드 치료, 혈장 교환술이 있습니다.
· 질병 완화 제제: 주사 치료, 경구 치료, 정맥 주입 치료가 있습니다.
· 면역 조절 제제: 확정적 진단을 받으면, 이 질환이 심각한 손상이나
  장애를 일으킬 틈이 없도록 면역 조절 제제를 바로 투여하는 것이
  효과적입니다. 최근까지 매년 새로운 약제들이 출시되고 있으며,
  다양한 기전으로 질병 발생 과정 중 면역기능을 조절하는 질병
  조절 약제들을 사용합니다.

· 여러 증상 관리: 배뇨/배변 장애, 통증, 피로, 우울증, 불임, 간 수치 증가, 성 기능 장애를 관리합니다

< 자료출처: 서울대학교병원 의학정보, 서울대학교병원,

서울아산병원 질환백과, 서울아산병원 >

시신경척수염이란

시신경척수염은 자가 면역계 이상으로 시신경과 척수를 손상시키는 질환으로, 다발성경화증과 매우 유사한 증상을 보이지만 발병 기전 및 원인이 다르고 또한 치료가 다르기 때문에 초기 진단이 매우 중요합니다.

증상

다발성 경화증과 매우 유사하여 감별이 어려우나, 시신경척수염의 병변의 경우 뇌보다는 척수의 증상이 더 흔하여 팔과 다리 근육이 쇠약해 질 수 있고 경우에 따라 하지마비가 될 수도 있습니다. 시력 감소와 손실이 더 심하며, 재발율이 더 높습니다.

질병의 경과와 예후

다발성경화증과 마찬가지로 만성적으로 반복적 재발을 하며, 초기에 정확한 진단이 되지 않으면 예후가 좋지 않을 수 있습니다. 재발 했을 경우에는 빠르게 급성기 치료를 시행하여 장애를 최소화해야 합니다.

재발을 많이 할수록 장애가 축적되어 커질 수 있으므로 정확한 진단으로 재발을 막는 치료가 장기적으로 필요합니다.

치료

증상의 치료는 다발성경화증의 치료와 유사합니다. 시신경척수염 범주 질환에 대한 치료제는 없습니다. 그러나, 치료는 증상을 조절하며, 재발을 예방하고, 단기적으로 장애를 지연시키는데 도움이 될 수 있습니다. 치료법으로는

· 코르티코스테로이드: 흔히 스테로이드라 불리우고 있는 강력한 항염증 약제입니다.

· 혈장 교환: 코르티코스테로이드에 반응하지 않는 환자에게 도움이 될 수 있습니다.

· 면역 체계를 억제하는 약물: 증상을 중지시키고 방지하는 데 사용됩니다.

< 자료출처: https://www.msdmanuals.com >

한국다발성경화증협회

 사단법인 한국다발성경화증협회는 다발성경화증, 시신경척수염, 탈수초질환에 대한 인식제고, 복지사업, 의료정보시스템 개발, 환자의 치료와 관리를 보다 효율적으로 수행할 수 있도록 설립된 기관입니다.

 2001년 3월 23일 한국다발성경화증환우회로 시작한 한국다발성경화증협회는 현재 다발성경화증, 시신경척수염환자와 가족들을 위한 정보제공, 상담 및 교육, 건강, 문화프로그램 등을 실시하고 있습니다.
 또한 신경과 교수님들의 강의를 개최하여 최신지견 및 신약과 질환에 대한 정보를 나누고, 회원간의 친목을 도모하고 소통할 수 있도록 노력하고 있습니다.

○ 위치   서울특별시 영등포구 은행로 3, 익스콘벤처타워 709호
○ 연락처   Tel : 02)362-7744
○ 홈페이지   http://www.kmss.or.kr
○ 이메일   kmss2001@gmail.com

나, 당신 그리고 우리

2024년 5월 25일 초판 1쇄 발행

지은이 송제희 외 14인

기획출판 에픽웍스
디자인 김홍림
인쇄처 작가와

펴낸곳 에픽웍스
주소 서울시 강서구 양천로 738, 11F
전화 02-355-5355
홈페이지 https://www.epicworks.net/

ISBN 979-11-7248-204-6 (03800)